一实斋吟稿

方军诗词作品选

方军 ■ 著

东南大学出版社

图书在版编目（CIP）数据

一实斋吟稿：方军诗词作品选 / 方军著. — 南京：东南大学出版社，2015.11

ISBN 978-7-5641-6075-3

Ⅰ. ①一… Ⅱ. ①方… Ⅲ. ①诗词 — 作品集 — 中国 — 当代 Ⅳ. ①I227

中国版本图书馆CIP数据核字(2015)第248277号

书　　名	**一实斋吟稿 · 方军诗词作品选**
出版发行	东南大学出版社
社　　址	南京四牌楼2号　邮编：210096
出 版 人	江建中
网　　址	http://www.seupress.com
电子邮件	press@seupress.com
经　　销	全国各地新华书店
印　　刷	南京千字文印务有限公司
开　　本	787毫米×1092毫米　1/32
印　　张	12.625
字　　数	180千字
版　　次	2015年11月第1版
印　　次	2015年11月第1次印刷
书　　号	ISBN 978-7-5641-6075-3
定　　价	56.00元

本社图书若有印装质量问题，请直接与读者服务部联系。电话（传真）：025-83792328

作者近影

作者简介

方军 别署苏研、原方、觉源，号一实斋主、北溟堂主人、眉山世家堂后隐、居巢散人，1956年2月生于安徽省巢湖市。曾任南京海军指挥学院研究生教育中心政委，现为军旅书画家，国家一级美术师，南京艺海潮书画院院长，中国将军金陵书画院秘书长，中国水墨艺术研究院执行院长，中国艺术学会副主席，中国国学研究会名誉会长，中国书法家协会会员，中华诗词学会会员，中国艺术研究院创作委员。先后入海军政治学院和鲁迅美术学院、中国美术学院深造。他诗书画皆能，精书法，擅画鹰，工诗文，有“诗书画三绝”之誉。

在军旅生涯三十多年里，他笔耕不辍，坚持午休时间练字习画，夜晚或读书或撰文或写诗或书画创作。年积月累，诗文手稿30万字之多，书画作品垒垛盈尺，画稿堆满藏室。诗文书画作品散见于全国百余种报刊和典籍。喜游历山川名胜，饱览历史遗迹，欣赏民俗风情。每每有感赋诗，兴起挥毫作画再题诗跋文书法。故一笔一墨，神采飞扬之间，贯穿着一种极其可贵的文化品质，一种独特的艺术风格。

从2000年开始在全国举办《万水千山总是情·方军书画

作品全国巡回展》，历时15年，先后在31个省会城市展示精品力作，所到之地受到各界人士的欢迎和好评。《人民日报》《解放军报》《人民海军报》《中国书画报》《书法报》《美术报》《信息导刊》《南京日报》《新华日报》以及中央电视台、江苏电视台、上海东方电视台、安徽电视台和中央人民广播电台等一百多家传媒进行了专题报道。

2001年春应邀进中南海为怀仁堂贵宾厅创作书画作品。2005年夏应中国航天城邀请，为航天英雄杨利伟创作书画作品《横绝九霄》《飞鹰图》。佳作被国家文化部、美术馆、名人纪念馆、人民大会堂、毛主席纪念堂、中南海及党和国家领导人收藏。出版有《方军书法集》《方军书法作品全国巡回展专集》《方军画鹰作品选》《一实斋诗抄》《方军诗书画作品集》《一实斋诗文散记集》等。

方军被中国文联确认为"有突出成就的书画家"，2000年荣获"二十世纪德艺双馨艺术家"称号。2005年被国家文化部文化艺术人才中心授予"中国杰出人民艺术家"荣誉称号。

目　录

方军书画作品全国巡展感赋

记事抒怀

题画鹰诗稿

附:论文散记(节选)

思考型的书画家方军

序 一

丁 芒

初识方军先生已是十多年前的事了，当时只知他是海军的书法家，我也是海军出身，爱好书法，自然感到分外亲切。我生性孤陋，直到近年与书画界接触较多，且应邀成为他主办的艺海潮书画院的艺术顾问，对他才稍有进一步的了解。今年一月底，诗友们建立“丁芒诗学研究会”，方军先生竟率领画院同仁出席成立大会，并作了热情洋溢的发言，使我感愧不已。一个年方半百、事业已走向鼎盛阶段、成就斐然、名闻遐迩、荣获“二十世纪德艺双馨艺术家”称号的“有突出成就的书画家”，竟然对一个无权无势、唾沫满身的髦龄老朽垂爱有加，足见他的品格、见识之不凡，因此对他更增许多敬意。

最近方军先生编就他的一本诗文散记集，行将付梓，特亲顾敝庐，邀我作序。惶恐之余，未敢遽应，但探究其事业超胜之道的欲望却油然而生，因细询其经历及习艺心得。两小时倾谈，恍然有悟，且感到他的一系列经验体悟，竟与我之主张歙然相契合，仿佛他就是实践我理想的为文为艺之道的典型例证。为之作序，以他的成功经验，启示、引导艺术道路上的跋涉者早日攀登超胜之峰峦，我义不容辞。但一序篇幅有限，我只能撷其深度的根性的经验，略加评析介绍。

我认为导致方军先生事业有成的根性经验，就是他从事艺术事业从“自为”到“自觉”，始终伴随着理性思维。他是一位道地的思考型的书画家。读了这本诗文散记集，就会感到那些鲜明、精粹的论点，大都来自他对自身艺术实践的思考，而不是“掉书袋”式的摭拾。细研之，我找到他理性思维中的四根红线，我认为就是这四根红线，编组成方军艺术观的全景。

一、会通思维

这是我杜撰的名词，来自明代徐光启的一句话：“会通以求超胜”。刘勰《文心雕龙》中也有“通则不乏”“变通适会”之语。包容、汇通、敢为人先，这三者的递进，是前人对文艺创作发展线路规律的总结。方军未必都读过这些书，却在自己的实践中领悟到这个规律。例如他在本书“砚边散记”中便论及“国学”是书画家必修课，“如果对国学没有基本认识，很难称为一个中国书画家”。又论：“无论是从文还是做艺，通则灵，不通则不灵”等等。当代不少年轻的书画家，日夕斤斤于笔墨技法，终于难成大家。素养浅薄，眼界便低，缺乏会通的思维和实践，当是重要原因。

二、辩证思维

事物发展过程中，充满辩证运动的轨迹。方军在自己的艺术实践中，运用辩证思维，发现了许多发展、提高艺术水平的规律性的东西。例如“砚边散记”第四条：“书写的过程就是一个不断解决‘眼高手低’的矛盾过程，不断否定自己、不断超越自己的过程。而每一次否定自己，都标志着自己在艺术探索中前进了一步。”类似的辩证思维，充满在他的艺术短论和评论其他书画家的文章中，读者不妨由此线路更好领悟和运用他的经验，提高自己运用辩证思维的能力。

三、中和思维

中和思维是我们民族传统中很重要的哲理思维路线和方法。方军常运用于其书画理论中，如说：“书法当以气胜得之。书法写到一定程度，就是写学问，写修养，写性情，写审美。书法艺术归根结底是人的艺术，是生命的艺术，是心灵的艺术。”这是他对“天人合一”“书为心画”传统观念的深化解释。他论“以书入画”，说：“中国传统书法用笔，一直赋予用笔一种文化观照，这种书写性用笔，是检验一个画家功力的标准。”这是他以书法笔法画鹰的实践体悟。他之所以写诗，不光为了作书题画的需要，也是从同源、互补角度着眼的。

四、诗性思维

当今书画家能诗者盖鲜，书法家写来写去都是古人诗句，画家题画，老是三春图、松鹤图，除此就没词儿了。他们不知道：诗是文学中的文学，诗意是任何文学艺术都必需的，诗意是人们思想感情高度升华的产物。书法绘画皆因有无诗意的华光映现，而定其格调高低。因此，书画家力求“会通”“超胜”，不舫从诗路首途，从习诗开始加强诗性思维的锤炼，并与书画创作结合起来——不但在逐步提高诗艺后，就以之入书入画，且在书画的构思阶段，就运用诗性思维以提高书画的意境。读了这本书，就可以看出方军从九十年代就在报纸杂志上发表诗作，大多是山水诗和时政诗。十六年后写到“游安吉石浪奇景”，“信步行来向晚归，山峦翠影又霏微，忘中石浪潆如涌，几上烟云淡欲飞”这样的水平，他才大胆“随风着意吻梅园”，把诗题到书画中去，可见其严谨。细研其书画佳作，亦可见诗性思维的注入，对其书画格调的提升所起的极大作用。

本书诗文，尤其是文的部分已经展示了方军在人的品格性灵和书画艺术多方面的观点和评析。我之从以上四个方面来分析他的思维向度和方法，只是便于读者沿此脉络更深刻地理解接受这位思考型书画家的成功经验，更利于大家投入理性思考，从根本上提高艺术创作水平。当然，方军本人正值年富力强，还有长足的发展年华。相信在已有的基础上，沿着自己理性思维的线路，继续深化探求，以引导他的创作实践，完全可以攀登更高的艺术峰峦。

亦不知言有当否？谨序此书之端，供大家参照思考而已。

（丁芒先生是当代著名诗人、文艺评论家、散文家、书法家。系中国作家协会会员，中国散文诗学会副主席，中华诗词学会顾问，南京艺海潮书画院艺术顾问）

序 二

苏自宽

以诗书画“三绝”著称于世的郑板桥，其诗书画的完美结合是千百年来许多艺术家一生孜孜以求的重要目标。而南京艺海潮书画院院长、著名军旅书画家方军则以书、画、诗、文四艺在当今的文坛大放异彩。他精书法、擅画鹰、工诗文，且有着特殊的造诣，不失为一个典型和多才多艺的艺术名家。

他精书法。其书法承古创新，雄浑大魄，风雅稚拙，是从传统里化出来的。我曾有诗评赞曰：“苦练魏碑偕楷隶，继攻行草倍精神。”（《方军书法评赞》）他以隶楷行草四体相参，雄浑峭拔驰骋书林。从他《笔走京华四首》书诗来看，这种书体有架势、有笔力、有变化、文人气息很浓。所用墨色有浓有淡，浓淡相宜，写得十分朴茂劲拔，奇秀雅逸。

擅画鹰。他的雄鹰被众多媒体赞誉“中华第一鹰”。他之所以喜画鹰的原因，恐怕是具有其胸怀大志的象征意义。我也曾有诗评赞道：“回首南天鹰眼疾，纵身万里任翱翔。尖钩利爪坚如铁，素志凌云振翮张。”（《观方军雄鹰》）我这四句诗赞誉他画风苍劲豪迈、虚心向上等精神品质，这与他的“执着追求数十春”始终如一的雅好是“不谋而合”的。他数十年不画他物，并非无因。他以书法入画，所作雄鹰图，形殊趣异，意象流变、奇妙多姿。或高瞻远瞩，或搏击长空，或朝暮逸情，或神威凛凛，或祥云吉兆，或群英荟萃，不胜枚举，是为当今画鹰高手。

工诗文。纵观方军之所为诗，从他的《一实斋诗稿》《方军书法作品全国巡回展诗抄》来看，多为旅途赏景诗，每到必题，每题必妙。如“万泉五指相毗连，东海南山福寿延。椰影云霞留晚照，春光满目醉心田。”（《海南春色》）此诗突出游赏旷怀之乐趣也；再如“满怀游兴乘黄鹤，天下雄观第一楼。黄鹤青山犹袅袅，白云红日更悠悠。登临爱赏龟蛇处，俯瞰栖迟鹦鹉洲。暮鼓归来豪兴在，烟波江上便消愁。”（《游黄鹤楼》）此诗步用了崔颢《黄鹤楼》诗原韵，道出了诗人把怀古和追今，真景和真情，旅游和乡思紧密地交织在一起，不愧是他七律诗中的代表作。就连唐代大诗人李白的《登金陵凤凰台》和《鹦鹉洲》两首诗也都脱胎于崔颢的《黄鹤楼》诗。

他还有“题跋”诗。凡所画的鹰都配以自己的咏鹰诗句。诗情画意融为一体，令人赞不绝口。如《方军诗书画作品集》中有二十余幅栩栩如生、形态各异的鹰画，每幅鹰画的“题跋”都是他自己咏鹰全诗或诗句，相得益彰。如《迎风劲展垂天翼》的《题跋》诗：“迎风劲展垂天翼，尽越苍茫万仞山。胸胆横空一径往，雄鹰眸里入秋帆。”这形容鹰飞于空中的迅捷矫健，用有力的翅膀扑击着大气。豪情壮怀七绝诗和扶摇直上九重天的雄鹰配合得何等默契、何等壮观、令人叹绝。

“诗言志，歌永言”方军的诗特别具有这个特色。

文以载道。方军的文章写得也很好。他的文章散见诸多报刊，仅就给我写的《眉山堂诗集》“笃行不倦写华章”（序二）就可窥见一斑，紧扣中心，段落层次清晰，遣词造句典雅，富有文雅风味，我不得不称赞。

方军嘱余作序，我自惭无临川之笔，不揣浅陋，写了一些不足以窥见作品全部艺术精华的话，恐有负其托。

（苏自宽先生是当代著名诗人、楹联专家，现为南京艺海潮书画院诗词创研部主任，中国楹联学会会员，安徽苏学研究会名誉会长）

方军书画作品
全国巡展感赋

中南海创作书法感赋四首

其一

春风大雅悦心房，
海里红波映紫光。
金碧辉煌多别致，
栽花妙手写华章。

其二

怀仁堂里领风骚，
笔扫千军竟自豪。
帷幄运筹谋定策，
惟从昭义步登高。

其三

入宫泼墨赏庭花，
万物良宵趣自佳。
皓月清风歌廉政，
与时俱进赋春华。

其四

把笔聚精会入神，
墨花开遍四时春。
匠心到处留香久，
悬挂厅堂雅贵宾。

2001年4月22日，余应邀赴北京为中南海贵宾厅创作书画作品，并有多幅佳作被党和国家领导人收藏。

海南春色

万泉五指望毗连，
东海南山福寿延。
椰影云霞留晚照，
春光满目醉心田。

（2000.12）

三亚南山寺

佛寺俨然碧翠间，
金瓯玉柱九龙缠。
山门一实斋名嵌，
尘世因缘自有源。

“一实”乃吾斋号，南山寺大门之上镌刻“一实”二字，与吾斋号巧合，有缘之幸事。

广州纪事

羊城荟萃迎新纪，
翰墨丹青颂太平。
横绝海天歌盛世，
声声喝彩不虚名。

2001年元月，余书法展至广州，期间适逢广东省美术家协会迎接新世纪笔会活动，余应邀参加，并现场挥毫“横绝四海”四个大字，受到观者声声喝彩。

福州书画巡展感赋

躬身艺事拜先贤，
求得真经墨趣牵。
书画联芳多赞誉，
艺坛轶事法天然。

（2001.2）

福州榕树王

纵横苍翠立人间，
须发如帘曲绕缠。
沧海沉浮谁与共？
及今亘古越千年。

鼓浪屿感怀

鼓浪涌波数海鸥，
斜阳岛屿一帆幽。
青峰遥望追前事，
最是当年晓月楼。

书画巡展郑州城

中原自古客贤留，
意象丹青气韵收。
笔墨天然成雅趣，
珠联璧合数风流。

（2001.3）

郑州书画展感赋

写遍三千与大千，
挥毫泼墨走中原。
吟诗作赋人间事，
独对苍松信步闲。

观少林

信步嵩山放眼观，
万般气象绕山川。
塔林千古伤遗事，
云透红霞照我还。

书画巡展太原府感赋

巡展太原翰墨春，
名贤雅士赞声珍。
诗书画意邀谁驻，
德艺双馨励后人。

（2001.3）

游晋祠

晋祠胜境梦神游，
曲槛飞檐似丹丘。
宗祖惟存开圣业，
繁华富贵乐悠悠。

书画巡展济南感赋

气爽挥毫语韵悠，
千山万水任巡游。
素质坚心甘淡泊，
翰墨舒怀写九秋。

（2001.4）

登泰山

天下名山有岱宗，
春归海色日观峰。
悬崖翠磴云中转，
杖底东风万壑钟。

济南趵突泉

柳色斜侵涌绿烟，
凭栏俯瞰豁心颜。
苍生霖雨终虚愿，
激荡奔流趵突泉。

游青岛鲁迅公园

碑坊矗立在林间，
极目欣观大海边。
最喜青松闲伴吾，
浪涛汹涌凯歌旋。

感赋上海朵云轩

巡展朵云墨韵新，
百图画轴引贤珍。
厅堂雅客频频至，
清赏诗书万象春。

（2001.5）

观上海黄浦江两岸

浦江两岸踏歌行，
盛世春风物换新。
忽有豪情平地起，
东方珠耀万人倾。

登滕王阁远眺

滕王高阁远舒眸，
点点星帆几度秋。
潭影闲云多自在，
江山万古尽风流。

（2001.6）

南昌八大山人纪念馆

清光曲水绕长廊，
竹径通幽赋乐章。
古韵凡尘禅地净，
仙人翰墨永留芳。

望庐山

九层千仞浩苍松，
望尽云天五老峰。
直下飞流飘万壑，
澄虚漭荡纳蛟龙。

武汉书画巡展感赋

即兴挥毫漫笔勾，
三山五岳眼中收。
化行则善知斯事，
楚水湘云忆共游。

（2001.6）

游黄鹤楼

满怀游兴乘黄鹤，
天下雄观第一楼。
黄鹤青山犹袅袅，
白云红日更悠悠。
登临爱赏龟蛇处，
俯瞰栖迟鹦鹉洲。
暮鼓归来豪兴在，
烟波江上便消愁。

杭州书画巡展感赋

联书纸上妙声飘，
意写烟霞弄玉毫。
淡墨轻描倾性染，
高情雅趣更逍遥。

（2001.9）

游西湖

西湖淡荡碧空摇，
柳色青青荫断桥。
云绕低山回望眼，
蓬莱仙境竞妖娆。

合肥巡展有感三首

一

丹桂飘香故皖还，
百图翰墨纵情观。
躬行艺事珍三日，
不负虚名拜圣贤。

二

玉露盈盘桂月秋，
欣瞻风度乐悠悠。
亲朋雅士歌筵绕，
樽酒频随墨韵流。

三

清姿惯耐守文身，
诗学三唐自注神。
宗古求贤常逸兴，
砚池书榻笔凌空。

（2001.10）

石家庄书画巡展感赋

治学渊源雅翰林，
风清永日岁更新。
宗唐习晋心常逸，
不愧超凡脱俗人。

（2001.10）

参观西柏坡

长歌击壤声声号，
笔遣三春染汗青。
帷幄运筹天下定，
千年功业久恒新。

天津即景

三津故里北雄关，
沽水流霞彩练环。
浮翠龙潭城醉月，
云缭天塔乐开颜。

拜王学仲教授感赋

遥思雅士气若神，
书道宗师典范身。
每得天然吟萃集，
一回相见一回新。

（2001.11）

西安古城

长安古道似盘棋，
世事沧桑感慨之。
回首昔时歌舞地，
如今景物展雄姿。

（2002.5）

兵马俑

秦皇兵马羽书驰，
出土名扬九域知。
万里关山今胜昔，
衣冠文武大观奇。

西安途中有感

踏遍千山万里行，
凌云壮志动精神。
独凭长剑清秋节，
展翅高飞任鹤情。

（2002.5）

书画巡展感赋二首

一

陶情寄意砚池春，
有品无私自通神。
泼墨神州浮绿水，
挥毫大地洗红尘。
年华一刻千金价，
人世三旬万里程。
龙吐玉豪歌盛世，
文扬正气净廉身。

二

万壑飞泉起数讴，
苍穹谁建又重楼。
潇湘曲曲纤尘尽，
世事因缘化百愁。

联袂书画巡展感赋

徐方联袂巡回展，
国粹弘扬正气嘉。
鹩雀安知鸿鹄志，
珠联璧合惹人夸。

余与徐培晨联袂在全国举办书画作品巡回展，已在14个省会城市展出，所到之地反响很大，名贤雅士、新闻媒体一致认为书画展览珠联璧合，相得益彰，必将在中国美术史上留下有意义的一笔。

书画巡展奉天府

通今贯古拜先贤，
书画巡回展奉天。
雅聚名家多赞誉，
放言诗酒曲中谈。

（2005.10）

瞻昭陵感言

苍松掩翠映黄陵，
柳岸飞檐玉水澄。
遥想太极征战马，
山河一统颂贤能。

游沈阳故宫有感

皇家气象满乾宫，
太祖挥鞭万马雄。
浩荡威严君圣殿，
八旗悍勇耀华中。

书画巡展长春市

潜心创作苦攻坚，
承古推新正气篇。
既引先贤藏墨宝，
又得展馆证书颁。

（2005.10）

访驯鹰传人

踏雪寻鹰不畏难，
昼熬夜驯始天然。
形殊趣异舒心意，
足喙铜钩铁翅肩。

余书画作品全国巡回展至长春，得知数百公里地有个鹰屯，屯里有个驯鹰世家传人。余喜出望外，与妻兰子在赵秘书陪同下，驱车穿行山路，一路寻找终觅其踪。但见驯鹰传人的屋内有鹰，室外有鹰，驯者胳膊上还站着一只鹰。余观鹰、赏鹰、亲近鹰，多有所悟。时在2005年10月28日天降小雪。

哈市书画展风采

国展中心旌旗飘，
官兵布画战通宵。
迎来雅士多珍爱，
赞誉声声不自骄。

（2005.11）

美哉哈尔滨

北国艳丽风情怡，
哈市中街景色迷。
俄式建筑留倩影，
冰雕灯艺显神奇。

东北三省巡展纪事

画展长春引客贤，
苍雄劲健惹人欢。
结缘翰墨传佳话，
哈市长春一线牵。

余书画巡展在长春展览期间，书画收藏家关先生多次到展厅观赏作品，尤喜雄鹰图，并与吾妻商量出资收藏四条屏组画其中一幅雄鹰图。由于巡展下一站到哈尔滨展出，此幅作品不便出售。巡展至哈尔滨展出两天后，又接到关先生电话，希望展览结束后，专程到哈尔滨市收藏所爱之作，关先生喜爱雄鹰之情难却，故满足了他的愿望。

兰州景观

一

兰山北塔遥相望，
天下黄河第一桥。
浪击水车风打转，
山川万里尽妖娆。

二

登高一望幽深尽，
万里黄河九曲湾。
白浪涛顷拖正练，
金城秀色赛江南。

三

豪情兴致上皋兰，
极目黄河浩淼间。
翰墨挥毫添雅趣，
放歌千里度关山。

兰州书画展感赋

画展金城引客贤，
清淡雅士赏心观。
寥寥数笔添神韵，
彩墨飞扬万壑烟。

（2006.9）

书画巡展青藏高原

青藏高原翰墨雄，
艺坛新曲夏都风。
丝绸之路唐蕃道，
钥索西宁古塞濛。

（2006.9）

朝拜塔尔寺二首

一

莲花八瓣抱山峰，
常转法轮妙谛存。
佛典修持僧辈出，
心诚善意拜菩门。

二

如来八塔祐生灵，
大殿佛龛梵语铭。
金顶轮幡传教法，
宝瓶法幢六狮擎，

赞贺兰山岩画

壁崖险峭暗云生，
神笔开天唤大风。
岁月难修师画意，
无愚有智写乾坤。

诗话贺兰山

贺兰关险世间闻，
千里黄河塞外城。
万马踏沙无影去，
长风震荡战云蒙。

西夏王陵

帝王墓冢筑山群，
金塔如林梦若云。
风雨春秋承霸业，
开疆拓域夏王君。

游银川沙湖景观感赋

北望沙丘满眼尘，
南观绿水碧光粼。
沙湖景色宜人醉，
塞外江南处处春。

呼市画展有感

鹰展雄姿大野间，
草原文化论群贤。
千秋伟业豪情志，
南北联姻颂画坛。

（2006.10）

参观昭君博物院并题词留念

青山黑水豁胸襟，
风雪飘关出塞吟。
妙笔今传千古愿，
昭君励志后人心。

（2006.10）

为胡忠先生即兴创作雄鹰图感赋

气静云怀笔墨扬，
境生腕底翼开张。
诗书画意春秋韵，
寄语草原送吉祥。

余书画巡展在呼和浩特市展览成功，内蒙古人大常委会副主任、内蒙古中国画院院长胡忠，内蒙古党委常委、统战部部长伏来旺设宴招待我们一行人员。参加宴会的有内蒙古文联党组书记李魁，美协主席周荣生，书协主席何奇耶徒，著名画家张峻德、书法家岳志东、武警总队副政委刘连民等。余应邀即兴作雄鹰图赠送胡忠、伏来旺先生，大家欢聚一堂，开怀畅饮。

书画巡展西北行二首

一

巡回画展西北行，
挥翰传承笔墨情。
塞外琴声原野上，
高歌一曲颂贤明。

二

夫妻画展西北行，
首展兰州再西宁。
挺进银川挥翰墨，
呼和浩特尽抒情。

（2006.10）

拜乐山大佛

乐山乐水乐清闲，
佛海佛缘佛顶天。
仰拜佛天添慧智，
佛光普照量无边。

（2007.6）

登峨眉山金顶

攀阶越岭上峨嵋，
苍翠葱葱映日辉。
俯瞰山峦收眼底，
仰观气象耀星奎。

观刘氏庄园有感

刘氏庄园气势凡，
金砖银瓦奢侈欢。
剥削百姓千般苦，
才有富豪万贯钱。

拜眉山三苏祠

三苏学贯史春秋，
才绝后人世代讴。
千里寻根彰道义，
秉承先祖赋新猷。

访杜甫草堂

曲径通幽隐草堂，
少陵道骨气节扬。
华章写尽人间事，
绝唱千年万古芳。

画展重庆感赋

山城六月雨潇潇，
雾锁两江月笼桥。
星斗阑干仙外境，
流连美景好逍遥。

（2007.6）

信步缙云山

越岭拾阶奋勇攀，
狮峰驻足纵情观。
山如碧玉水如黛，
云在林间月在天。

采风丽江古城二首

一

花石铺路拱石桥，
泉水潺潺韵自骄。
商铺茶楼歌起舞，
古城繁荣引客骚。

二

东边日出西边雨，
躲进小楼好品茗。
放眼窗前图画里，
踏歌醉入丽江行。

（2007.6）

登西山龙门眺望滇池

攀阶勇越上龙门，
放眼滇池五百春。
醒悟人生承大业，
青光拥翠沐心身。

观贵州黄果树瀑布

飞流天降落人间，
怒水奔腾卷巨澜。
造化神工惊梦境，
高歌激荡纵情观。

（2007.6）

画展贵阳所见

黔城夏至雨霏霏，
清水青山几度回。
石瓦石墙石板路，
花飞蝶舞惹人追。

（2007.6）

游贵阳天星桥

水天一线映幽兰，
绝壁焉藏万丈渊。
泉碧仙山妻伴侣，
风帆和顺乐消闲。

游贵阳天河潭

天生桥下水滔滔，
飞瀑叠流入梦瑶。
溶洞奇观仙外境，
春光独占尽妖娆。

游贵阳甲秀楼

信步赏观甲秀楼，
玉虹拖雨雁横秋。
浮空银汉星流水，
人在青莲瓣里游。

西南巡展感言

西南巡展乐多忧，
云雨几回伴吾愁。
忽有佛光明慧眼，
俗尘荡尽赋春秋。

（2007.6）

书画巡展长沙感赋

雄鹰啸傲鼓长风，
悬挂临街十里城。
万象诗书抒大爱，
传播文化写真诚。

（2011.4.20）

巡展长沙会战友

战友重逢快乐天，
春花秋梦忆龙湾。
军营甘苦多情趣，
翰墨人生再续缘。

重游橘子洲头感赋

伟人雕像矗洲头，
笑看东方帅九州。
独立寒秋雄世界，
方遒挥斥主沉浮。

登岳麓书院

学府于斯岳麓名，
书香洗砚漫门庭。
诗开桃李多贤圣，
湘楚相承一脉情。

观爱晚亭

暮春葱翠萦岚雨，
寄月山中爱晚亭。
天地人间存正气，
苍然耸立写豪情。

重游韶山

别梦依稀二十年，
韶山旧貌写新篇。
繁荣锦绣花间道，
心底春光不入眠。

瞻仰韶山毛泽东主席铜像

其一

伟人浩气志凌霄，
日耀九州德舜尧。
躬拜心诚存大爱，
凛然气概普天骄。

其二

一代伟人浩九天，
万民瞻仰祈祥年。
众生普度缘情爱，
永享太平颂古贤。

游张家界登天门山

神造空门九界开，
石梯百丈上仙台。
尘缘了却惟谁悟，
天籁今闻不我哀。

游张家界鬼谷栈道

栈道悬崖立壁伸，
人行云里雾沾身。
举头望断红霞破，
足底渊鸣万壑春。

神奇张家界

神奇山界出奇峰，
一柱顶天立地中。
一捆相连生妙景，
云间一片越苍穹。

张家界的山峰特点是一柱山、一捆山、一片山。

赞张家界

一、武陵源

雾锁群峰静，
武陵瀑落惊。
林幽鸣燕语，
心底空灵灵。

二、金鞭溪

万仞雄峰插九天，
暗流飞瀑响尘寰。
翠山云海随风舞，
霄汉文星写锦篇。

文星：指文星岩，其岩酷似鲁迅、高尔基剪影，故名曰文星岩。

游凤凰城感赋二首

其一

溪声水韵古居潺，
金凤银凰灯火阑。
吹引紫萧宾客至，
沱江两岸踏歌还。

其二

潜风入夜伴歌行，
怀抱沱江云彩生。
情蕴银河遥凤影，
时光飞动舞凰鸣。

参观友谊关边防哨所感赋

其一

手握钢枪戍边关，
官兵律己军威严。
艰难险阻大无畏，
唱响和谐发展观。

其二

边防哨所一奇观，
石壁缝中种菜园。
花果青苗汗水灌，
任凭风雨放歌欢。

（2011.4.30）

南宁书画展感赋

其一

南宁画展众人夸，
艺品才高翰墨佳。
书法清雄多喜爱，
鹰姿凛凛惹藏家。

其二

诗文自撰写春华，
骚客贤达赞有加。
巡展南宁扬国粹，
挥毫翰墨走天涯。

（2011.5.5）

翰墨结缘

雍江两岸春光怡，
湖畔琴声四海诗。
做客堂前常对饮，
结缘翰墨友朋知。

2011年5月6日，应陈中华院长之邀，余和妻来到陈院长家中做客，其夫人韦柳春教授是一位钢琴家，她亲自下厨，真乃食之有幸。我们品尝佳肴，把酒对饮，挥毫泼墨，惬意无限。

广西北部湾书画院交流感赋

蓝天丽日岫天伦，
荟萃书家翰墨春。
苏桂艺坛传友谊，
赋诗作画写乾坤。

南宁遇同乡感赋

邕江水拍性情殊，
画展有烦又顺途。
朋友乡亲相鼎助，
庭花犹唱梦巢湖。

余书画展在南宁展出，得到巢湖画家王根生、夏淑玲夫妻的热情帮助，赋诗答谢。

与战友同游桂林古东瀑布景观

涛声悦耳踏歌行，
乐水乐山乐性情。
战友临湖杯对饮，
古东桥畔话金陵。

余和妻在桂林海军疗养院疗养，邂逅本单位朱立新及女儿，故结伴游览。

观古东瀑布

团云抱石苍崖古，
万丈空悬暮雨飞。
派出银河遥碧雪，
山鸣玉瀑吼千雷。

游七星岩

石窟千年梦境幽，
沧桑越尽写春秋。
七星揽月景奇秀，
神仙洞府幻虚游。

赏刘三姐大观园

三姐歌声悦耳猜，
壮家阿妹舞翩来。
少男少女展风采，
五福鲜花盛世开。

游靖江王府独秀峰

靖江王府大明裔，
尽越沧桑古道奇。
独秀峰开濛细雨，
伊人拾步望空思。

揽独秀峰

独立苍穹雾锁奇，
秀开大界彩云移。
峰南尤冠青城首，
孤傲华芳费客思。

品桂林碑林

摩崖石刻世人讴，
凿出史痕天道酬。
书贯古今承雅韵，
文明千载篆春秋。

畅游漓江

江如白练洗奇峰，
飞雨云间幻境朦。
舒望青峦蓝带舞，
天然水墨写苍穹。

桂林山水绕城行

城在山中水绕城，
亭台楼畔映湖明。
青山着意留宾客，
墨韵团峰处处生。

（2011.5.16）

书画巡展北京感赋

画展京城雅士贤，
将军政要厅堂观。
如潮宾客齐夸赞，
央视传播笔墨坚。

（2014.4.19）

战友情义

战友云集画展观，
迢迢千里友情牵。
随春共话军营事，
不尽诗歌笔墨传。

河南老战友们得知余在北京办书画展，卢书国、张天林代表战友们赶赴展馆，祝贺书画展圆满成功。

再观中南海感赋

紫光阁里倾情赏，
妻伴吾行国办旁。
遥想瀛台前日事，
今朝又进怀仁堂。

2001年4月22日，余与徐培晨应邀进中南海为怀仁堂贵宾厅创作书画作品，深受好评。今天余与贤妻及妻妹、弟到北京办画展，应邀再次进中南海参观创作，多有感慨。4月22日，是一个难忘的日子，时隔13年后同月同日再次进中南海，真乃机缘巧合。

游八达岭长城

崇山峻岭入云端，
远眺龙腾影若蟠。
奋勇攀阶回望眼，
方知身在此峰间。

（2014.4.23）

好汉石留影

峰峦立壁万重山，
挥翰邀来视等闲。
足踏长城当好汉，
只留倩影石盘间。

战友情怀

年华不复谊长存，
岁月如歌性致纯。
舒眼军营多感慨，
临风把酒话秋春。

情系老龙湾

青春洒满老龙湾，
绿色军营翰墨牵。
昔日荒滩亭榭立，
清风摇柳碧波涟。

（2014.4.28）

书画巡展新疆途中

扶摇直上渡关山，
我欲当空舞九天。
云海龙腾翻紫浪，
夕阳着意报平安。

（2014.8.5）

有感乌鲁木齐市

天蓝地净路宽长，
别样高楼映夕阳。
花道林荫消暑夏，
沐风伴侣享清凉。

题吐鲁番葡萄沟二首

一

漫山遍谷绿连洲，
叠翠晶莹碧玉流。
八方游客尝鲜果，
赞声不绝颂金秋。

二

彩裙花帽迎宾客，
玛瑙珍珠醉吾鲜。
绿浪逐波情入境，
不知岁月忘归还。

游交河故城

故城遗址越沧桑，
残壁嶙峋曲水长。
历经千年存古意，
人间漫道最无常。

题火焰山

烈日炎炎暑气侵，
师徒破险踏沙行。
西域坎坷多磨难，
越过火山取圣经。

新疆天池感赋

瑶池圣水妙神姿，
云绕博峰泼墨诗。
蓄罩含烟松万壑，
悬泉落碧降新奇。

即兴题天山雄鹰二首

一

做客天池品野鲜，
山峰作伴起云烟。
悬空忽有群鹰至，
呼啸盘旋为我欢。

二

苍穹浩浩英雄志，
圣水天山极目收。
搏击长空凭万里，
盘旋翼展傲神州。

采风喀纳斯感赋

天蓝地绿牛羊欢，
点点毡房林壑间。
盘道车行观景色，
涛涛碧玉绕山泉。

登观鱼台

越上千阶冷汗流，
观鱼台顶望山秋。
湖光九色六湾道，
云聚雨飘放眼收。

客居一道湾景区

林间别墅傍山旁，
九点西边挂夕阳。
夏夜寒凉开暖气，
晴天日照着薄裳。

游鸣沙山

鸣山五色泛银光，
沙海驼铃悦耳旁。
若梦天荒游大漠，
浩然旷野历沧桑。

惊叹月牙泉

望尽黄沙满眼苍，
神奇大野骤风扬。
月牙泉水生灵气，
一洼绿洲耀漠荒。

（2014.8.16）

感叹莫高窟

千年古韵意犹生，
晋汉隋唐妙像珍。
惊叹先哲功造化，
莫高窟洞显奇神。

游嘉峪关

天下雄姿嘉峪关，
沧桑越尽大漠间。
运筹谋略神机算，
御敌万千保国安。

探险夏尔希里自然保护区

一

崎岖山路百折湾，
悬壁车行万壑间。
吊胆提心惊落雁，
越过险艰望绿川。

二

艰难盘道越重山，
望尽云峰万里关。
如画景中游客醉，
友朋相伴夕阳还。

三

峻岭重山壑纵横，
雪莲紫草鸟飞鸣。
百年生态无人进，
踏入金秋意境生。

（2014.8.19）

参观阿拉山口海关

沐浴骄阳口岸观，
界碑留影阿拉山。
海关接待宾朋伴，
答谢酬情笔墨间。

纵揽戈壁滩感赋

风起尘扬万里沙，
白云飞渡若天涯。
身临戈壁何须怨，
墨染大荒饮酒家。

新疆亚心网访谈

诗书画意赞声传，
受访感怀畅所言。
彩墨丹青抒性致，
笑谈西域好河山。

（2014.8.15）

新华网新疆专访

访谈话语议题闲，
美景风情揽胜间。
书画古今承笔墨，
诗经释道越千年。

（2014.8.22）

书画巡展新疆并采风感赋二首

一

蓝天碧水绿新疆，
瓜果诱人映紫阳。
人美家和歌起舞，
天山南北瑞安祥。

二

天池圣水妙姿神，
花木成荫翰墨春。
西域风情游客醉，
不辞长作新疆人。

（2014.8.23）

雄鹰啸傲台湾岛

雄风啸傲搏天苍，
跨海翱翔宝岛扬。
纪念堂前鹰画展，
挥毫墨韵瑞安祥。

（2015.1.30）

鹰展“台北故宫博物院”

两岸交流千里缘，
传承文化脉相连。
苍雄眸里群峰入，
翰墨中华搏大千。

参观“台北故宫博物院”

饱览毛公鼎，
亲临钟鼓文。
近观翠白菜，
国宝贵三珍。

兴游日月潭

日月为明潭水清，
乘风击浪起欢声。
舒眼眺望山重处，
亭榭龄宫隐绿泓。

拜中台禅寺

依山筑建修禅寺，
四大金刚柱顶天。
仰望苍穹拜佛祖，
飞檐插入云峰巅。

纵览阿里山

峰峦叠翠柳杉间，
一路樱花醉客闲。
桧木千年今亦怨，
只留古韵在心田。

（2015.2.1）

畅游垦丁海边公园

目穷沧海水连寰，
浪打礁岩白练翻。
忽有鸥鸣云水聚，
君兰相伴旅途欢。

野柳地质公园

风袭巨浪击礁崖，
怪石奇岩妙境佳。
天赐女王神造像，
八方游客聚天涯。

车行太平洋海岸

其一

大洋浩渺耀奇光，
极目苍穹水色茫。
浪击山崖声自远，
不知彼岸在何方。

其二

水天一色渺茫茫，
穷尽汪洋点点苍。
越岭穿山奇景现，
抒怀浩瀚太平洋。

赴台湾书画交流感赋

其一

继承传统续新风，
国学精神儒道崇。
谦让气和诚信誉，
惟勤敬业远图鸿。

其二

宝岛台湾碧水间，
花红树绿浩蓝天。
风和地净高阳暖，
满目清新一望闲。

其三

台北高楼映绿奇，
繁华街市放怀诗。
台中胜览高雄景，
鲜果品尝诱客痴。

（2015.2.5）

书画巡展感言

一

挥毫摇曳清风袅，
泼墨淋漓骤雨倾。
每赏文章推大块，
巡回联报撷精英。

二

十五年中翰墨新，
九州广种谊情真。
山川美境怀思盛，
合璧诗书画意珍。

三

笔走神州不畏难，
横征南北越高原。
襟怀旷达情依旧，
险遇从容态自然。

（2015.11）

画展金陵感赋五首

一

国展巡回万里行，
凯歌满载誉金陵。
诗书画轴亲朋赏，
报道方家万众评。

二

金陵自古出贤才，
歌舞秦淮水墨开。
气韵横生凭妙趣，
风声云起写情怀。

三

十五年来走天涯，
长城内外写春华。
艰难困苦抒豪志，
巡展成功雅士夸。

四

弘扬国粹诗书画，
笔墨精神贯九秋。
传统继承新意创，
巡回全国史名留。

五

寄意诗书万象春，
清虚笔底画犹珍。
丹青墨韵精神气，
国展巡回励后人。

（2015.11）

记事抒怀

七律·金陵抒怀

一

湖光塔影醉人游，
燕子归飞语韵悠。
喜赏梅山春意闹，
又观淮水碧波流。
孙公陵墓人瞻仰，
烈士忠魂世颂讴。
旷代升平增景象，
凌云壮志会当酬。

二

十里秦淮光艳丽，
栖霞枫岭染红天。
玄湖碧浪钟山映，
柳岸垂丝墨客牵。
气爽秋高丰硕果，
风轻云淡喜欢颜。
满城景色随心赏，
眷恋情怀少一贤。

（1990.3）

七律·咏巢湖

水碧天明宿雾收，
仙家城阙砥中流。
纵观湖外三千户，
却喜人间十二楼。
细浪粼光渔唱晚，
衔山落日笛声悠。
良辰美景春常在，
一代风骚好句留。

（1990.5）

远眺巢湖

波光闪闪碧空间，
凭眺云霞入眼帘。
最是湖天呈妙景，
风帆片片足奇观。

（1991.3）

广德之行有感

春风习习到桃州，
好友新朋厚应酬。
浩淼芦湖梅吐艳，
巍峨高岭阁俦幽。
洞中太极堪奇妙，
世外黄山足道讴。
广引游人天下客，
德周万代与千秋。

（1997.2）

游巢湖银屏山仙人洞

峰峦林壑遍连绵，
峭壁悬崖挂牡仙。
石窟龙狮欢起舞，
年年谷雨赏花天。

（1997.4）

黄山感赋

老街十里悦心田，
赏得山城五月天。
梦里奇峰云底绕，
瑶琴几度奏新弦。

1995年5月，余与周积寅、郁宏达、陈显铭、吴元奎等数十名书画家赴黄山参加笔会活动，时游景观胜，有感而发。

一上黄山

攀阶拾级步登高，
四顾苍山一望娇。
仰见通霄何处是，
山行远韵自逍遥。

（1995.5）

二上黄山

玉屏楼畔赏枝虬，
四海嘉宾倩影留。
浓绕雾缭空壑底，
轻来雨过满松头。
微茫山市青光舍，
虚幻飞岩紫气周。
佛拜经坛禅意久，
登高一步尽消愁。

1997年7月，余与徐培晨、杨德祥赴黄山写生、创作，得友人张俊杰、顾大茂、陈梦游等热情接待，借景抒情，是以鸣谢。

三上黄山

一、秋韵

松岚云绕径幽深，
红叶飘飘满目侵。
祷拜龙山何处去，
桃花源里醉芳心。

二、赏雪景

一夜寒风起，
银花万树开。
琉璃通大界，
浩气纵情来。

1997年11月应黄山市政府之邀，参加1997年中国黄山国际旅游节暨黄山市书画篆刻展开幕式活动。时山下红叶飘落，山上银装素裹，奇景美不胜收。

四上黄山

一、莲花峰

莲峰云绕露沾衣，
四顾苍山一径堤。
低看松岚烟雾锁，
平生始信最称奇。

二、天都峰

天都高耸入云端，
仰首穷眸足迹罕。
三界莲花云里看，
光明顶地乃神仙。

2000年6月余赴黄山市参加黄山市书协常务理事会，昭平兄与吾同行，期间再登黄山揽胜，即兴赋诗二首。

五上黄山

天画朝阳地画秋，
重霄皓月挂峰头。
闲研朱墨千回醉，
冷看浮云万壑流。
莫使雄心烟雾锁，
岂容壮志雨风囚。
如今多少清谈客，
悟道人生化百愁。

2000年10月，秋高气爽，蓝天丽日，余和贤妻淑兰、睿儿与昭平兄及其女儿，同登黄山并在北海狮林大酒店举办书画展，时十日有余，观天下奇观，览大千妙境，神思情往，赋诗作画，多有所得。

六上黄山

冬去春来夙愿酬，
烟花三月放归舟。
华章读尽思存爱，
金鼓词雄着意留。
剑胆横天开皓月，
琴心惊地数风流。
来兮始信仙家地，
天上蓬莱落九州。

2002年3月，余与郭大年赴黄山参加黄山市书协四届五次常务理事会，期间再登黄山顶峰揽胜感怀。

齐云山天街

小街石径道连天，
圣地穆然万丈渊。
一缕香烟云外绕，
民居峰顶好消闲。

2000年6月，余与昭平兄在友人黎寿国陪同下，登齐云山观光，此乃中国四大道教名山之一。

欢庆香港回归祖国

一

香港回归庆九州，
归心似箭策新猷。
中华喜悦祥云聚，
万里江山紫气周。

二

千山起舞万家欢，
江海涌波卷巨澜。
日出东方珠璀璨，
荣华晃晃日中天。

（1997.7.1）

纪念周恩来总理诞辰一百周年

声威震宇寰，
功著世人间。
挥手荆棘劈，
越行过险滩。
躬勤常自励，
茹苦共民艰。
浩气高标树，
运筹视等闲。

（1998.3.5）

贺中国共产党成立80周年

万里神州喜气洋，
镰锤相映展辉煌。
金瓯巩固风波净，
玉宇澄清国运昌。
四海版图完美好，
九州和顺颂歌长。
与时俱进康庄道，
盛世腾飞继远航。

（2001.7.1）

赠朱开霖老师

书坛论道运帷筹，
笔墨文章世纪留。
耐住清贫无憾事，
百年独自赋春秋。

朱开霖为黄山市书协主席，余每次游黄山，定要登门拜访朱老，求教于案前。2003年朱老仙逝，吟诗以寄哀思。

为宣城谢朓楼创作书法作品感赋

一

始从破体风姿变，
笔末先行气已吞。
自写东篱霞五色，
神清骨竦竟然真。

二

超妙清雄气贯穿，
挥毫落纸似云烟。
忘机归去同鱼鸟，
只在人生一瞬间。

（2003.8）

题龙喜砂壶

龙喜砂壶古韵生，
铭文题字悟禅心。
观壶化境挥毫去，
但见墨花舞紫金。

（2004.1）

游西递

西递宏村一线牵，
儒商富贾圣贤讴。
沧桑古镇开新貌，
曲水流长石径幽。

（2004.2）

屯溪花山迷窟

花山迷窟窟中奇，
鬼斧神工洞洞迷。
巨柱擎天石惊地，
古今疑惑始无知。

（2004.2）

贺苏自宽先生七十寿辰

七秩人生自古殊，
躬行求索展鸿图。
育英杏苑输心血，
化雨后庭悟大愚。
寄托诗坛歌晚景，
钟情翰墨绘征途。
笔花焕发夕阳晓，
引得清光正气抒。

（2004.2）

拜散老艺术馆

散之笔墨赋春秋，
造化神功任自由。
悟入精微崇草圣，
始觉书道作新猷。

2004年5月26日，金陵三雄书画巡回展在马鞍山隆重展出，期间参观了林散之艺术馆，多有感悟。

赠好友王苏湘诗书作品

苏醒无双一世雄，
湘潇竹雨起苍穹。
虎平万壑山君出，
威态如生八面风。

（2004.5）

题《倚石图》

生活本是写无穷，
造化心源一脉通。
画到天真生妙境，
方能悟道显神功。

（2004.11）

题天津画家杨晓君

鸿志凌云战疾魔，
毫端雅趣韵情多。
苦将方寸续耕种，
奎璧文光快慰歌。

（2004.12）

应邀参加泾县第二届桃花潭诗书画笔会感赋三首

一、**太平湖盘龙山庄**

青山绿水沁心田，
小住盘龙别有天。
日映红楼波荡漾，
挥毫泼墨写新篇。

二、**查济古韵**

查济民居古韵房，
清渠曲水绕村长。
引来骚客流连甚，
共赏红花与绿杨。

三、**桃花潭**

踏歌古岸结情缘，
潭水桃花分外妍。
放眼山川增美景，
清风雅韵忆先贤。

（2005.4）

献给“十运会”

九州和顺唱图鸿，
十运辉煌盛世隆。
体育健儿神勇现，
拼搏夺冠展雄风。

（2005.4.28）

亿万人民瞩目的第十届全国运动会2005年10月在古城南京盛大开幕。素有“金陵三雄”著称的方军、周昭平、郭大年三位画家即兴挥毫泼墨，合作绘制了一幅丈二巨作《拼搏夺冠展雄风》，捐赠“十运会”，余即兴赋诗一首题于画作之上。

游湖州南浔古镇

南浔古镇越沧桑，
水傍民居石径长。
刘氏豪宅张氏院，
显财露富颂儒商。

（2005.5）

咏荷

轻风拂面好时光，
雨润晓荷倩影长。
菡萏金盆君子爱，
人间着意梦倪裳。

（2005.6.17）

题梅景山庄

梅开碧水雾云间，
对景挥毫五色颜。
把酒吟诗游于艺，
庄园论道好消闲。

（2005.8）

应好友阎桂贤之邀，余与贤妻赴山东莱阳，拜访桂贤友建造的“梅景山庄”，身临其境，多有感慨，赋诗为证。

三游济南趵突泉有感

结伴再游趵突泉，
成荫垂柳韵心田。
昔时浊水清纯碧，
鱼跃龙门喜悦欢。

（2005.8）

孔圣殿

恢弘气派浩苍天，
玉柱龙盘十顶檐。
妙手神工朝圣殿，
东来紫气祭先贤。

（2005.8）

拜孔庙

仰崇孔圣一大贤，
道贯古今德配天。
彰显杏坛学天下，
古今吟颂至尊仙。

（2005.8）

孔林千年古柏

苍翠千年亘古今，
龙盘凤舞刹幽灵。
风霜月夜沧桑变，
盛世讴歌景色新。

（2005.8）

参观安吉吴昌硕纪念馆有感

千秋笔墨颂贤公，
辟地开天一代宗。
气贯长虹生古韵，
天成雅趣显神功。

（2005.9）

拜吴昌硕故居感赋

竹海风涛雾锁峰，
清幽曲水映芎䓖。
仰崇故里追贤圣，
今古鄣吴一代宗。

（2005.9）

坐观太湖品时鲜

帆影波光映太湖，
秋风着意泛珍珠。
引来雅士贤达客，
醉品时鲜绘彩图。

（2005.9）

昌硕故里举办书画展有感

巡展安吉颂画坛，
天将风日娱欢颜。
引来雅士声声赞，
寄傲南窗抱月眠。

（2006.12）

游安吉石浪奇景

信步行来向晚归，
山峦翠影又霏微。
望中石浪潆如涌，
几上烟云淡欲飞。

（2006.12）

五秩抒怀

五秩风华仍旧丹，
星光翰墨守清寒。
虚怀高远不流俗，
恰荡胸中百尺澜。

（2006.12）

元旦感赋

弹指光阴五秩祥，
浸沉魏晋汉风扬。
不争功利胸怀畅，
苦读诗书德泽长。
雅士珍它添韵律，
愚夫认尔作柴荒。
文章道德千秋远，
知己邀来共尽觞。

（2007.1.1）

赠吴胜英老师

俯首甘为执教鞭，
铅华洗尽育英贤。
独存雪魄襟怀淡，
满庭芳草色侵繁。

（2007.4）

吴胜英老师是余在巢湖二中读初中时的班主任，教我们数学，同学们都喜欢她尊敬她。

题宜兴兴望文化园

水色山光满目收，
秋红春绿醉人游。
兴农繁牧原生态，
望远登高志愿酬。

（2007.9）

中秋抒怀

中秋硕果遍金甄，
节日每逢念友亲。
广宇清澄新意涣，
月光如水净寰尘。

（2007.9）

赞国泰集团十周年庆

十载辉煌百业昌，
运筹四海邈天苍。
但凭精气冲霄汉，
鲲化天鹏怒翼张。

（2007.10）

题《荷花翠鸟图》

一花一鸟写情怀，
抒尽人间放眼开。
笔墨珍迹留纸上，
清虚淡逸画中来。

（2007.8）

题牡丹图

一

含香体素欲倾城，
晓梦盈盈碧水春。
富贵声中难本色，
殊芳真艳品高伦。

二

檀心馥郁紫霞芳，
沉醉东风隐暗香。
意态天生姿艳质，
春华富贵着新妆。

三

一枝红艳露凝香，
玉貌霞标醉晚妆。
唯有牡丹真国色，
凡尘洗尽艳昭阳。

四

天香夜染衣，
玉露艳骄姿。
金蕊霞英珮，
丰神惹蝶迷。

五

翠豪浥露香，
富贵艳霓裳。
玉堂春不老，
清姝着淡妆。

（2007.9）

题《喜鹊三柿图》

喜鹊平安报，
声声悦耳鸣。
悬之清室壁，
瑞气满堂生。

（2007.9）

题《松鹰图》

鸿运凌秋日，
高怀视等闲。
寿德贤万古，
松鹫越千年。

巢湖二中六十华诞感赋三首

一

辉煌六秩彩旗扬，
灿烂校园着艳装。
育尽英才名校颂，
高歌咏唱满华堂。

二

一枝独秀皖中开，
桃李园丁别剪裁。
卓尔杏坛歌盛世，
卧牛山下聚英才。

三

鲲鹏展翅跃西东，
海角天涯觅道同。
学子怀恩师造化，
相肩重任著新功。

2007年10月28日，余应母校巢湖二中的邀请，参加六十年校庆活动。巢湖二中六十年的辉煌业绩，让莘莘学子精神振奋，余所见所闻多有感慨，赋诗以抒胸怀。

金鼠贺岁书画展感赋

金鼠迎春瑞雪飘，
神姿百态闹今宵。
扬帆艺海名贤聚，
共品清茗好自遥。

（2008.1）

题雪灾一首

六出飞花入户霜，
瀌瀌雪舞起苍殇。
萦空弥漫风云骤，
盖尽人间恶路殃。

（2008.1.27）

瀌瀌：指雨或雪盛大貌。《诗·小雅·角弓》：“雨雪瀌瀌，见晛曰消。”

对雪感赋

窗外飞花映九光，
凝台丹桂变琼妆。
梅开庭院逐香彩，
一夜银装万物霜。

（2008.2.1）

九光：《汉武内传》记载，汉武帝宫内有九光之灯。这里借喻雪光的明亮。

题《雄鹰傲雪图》

大雪漫天不足奇，
战天斗地傲雄姿。
回眸怒视山河壮，
振翼图强畏惧谁？

（2008.2.5）

喜赋艺海潮书画院（征和诗）

艺海扬帆正气讴，
群贤毕至运筹谋。
潮歌墨韵无双曲，
诗咏丹青创一流。
书画和谐添锦绣，
名家同绘计鸿猷。
峥嵘岁月依然在，
叱咤雄风写九秋。

（2008.2）

正月十五闹元宵

水韵秦淮映月圆，
上灯十里惹人欢。
开端金鼠元宵闹，
情动丹青一线牵。

（2008.2.21）

赞宜兴乔阳企业诗二首

其一

乔阳灿烂日辉煌，
鹏展蓝天浩志张。
科技领先添锦绣，
创新硕果远名扬。

其二

乐山乐水乐安康，
净化水源科技扬。
畅饮乔阳纯净水，
笑谈长寿意轩昂。

（2008.3）

砚边散记

知命风华仍旧丹，
星光月夜自消闲。
花开春日逸情处，
艺海凌云觅大贤。

（2008.3）

缅怀慈父

慈父平生厚待人，
勤劳一生淡清贫。
云游鹤去天堂路，
仁德永存足下珍。

（2008.4.12）

七律·咏宜兴

陶都水碧绿山川，
紫玉金砂世纪传。
阳羡一壶吟翠影，
太湖三味品时鲜。
东坡遗韵风流颂，
范氏真情浩志坚。
国泰民安祥大业，
和谐共唱万家欢。

（2008.4）

奉题四川震灾诗四首

一、缅怀汶川

地动山摇五月天，
汶川断壁毁家园。
军民奋力震灾抗，
举国同心众志坚。

二、情系汶川

众志成城抗震灾，
万民情系蜀天开。
大灾何惧谱仁爱，
再造青山望月台。

三、奉献汶川

挥汗三更日夜涂，
真情抒尽翰情殊。
丹心一片哀思志，
鹰击长空献爱图。

四、大爱无疆

汶川地震家园破，
多难兴邦励国人。
大爱无疆酬浩志，
青山着意万年春。

（2008.5.18）

祥云圣火耀金陵

奥运精神华夏兴，
祥云圣火耀金陵。
古都一派欢腾景，
虎踞龙蟠颂大鹏。

2008年5月27日奥运火炬传递到南京，南京740万人民欢欣鼓舞，208位火炬手心潮澎湃，古都金陵一片欢腾。

七律·盛世端午好景长

蒲月粽香午瑞阳，
缅怀屈子祭青江。
上天盛宴餐仙果，
下界小酌食五黄。
四海金波呈福地，
五湖银浪现吉祥。
安康毋忘灾区难，
仁爱中华浩志张。

（2008.6.8）

五黄：雄黄酒、黄瓜、黄鱼、黄鳝、鸭蛋黄，南京人端午节有食五黄习俗。

皖南即景

青砖黛瓦马头墙，
山野人家好景长。
淳朴民风依旧在，
泾川溪水映春光。

（2008.6）

立秋七夕

七巧秋风扑面来，
京华奥运梦开怀。
牛郎织女鹊桥会，
搏击双双夺冠牌。

（2008.8.7）

搏击奥运

搏击舒怀起劲风，
神威凛凛傲苍穹。
欢呼一扫千人阵，
联步金门气冠雄。

百年梦想奥运会2008年8月8日在北京隆重开幕，心情特别自豪，故挥毫泼墨作雄鹰图并配诗题跋，以抒胸臆。

贺《艺海大观》创刊

艺海大观正气讴，
群贤荟萃计鸿猷。
丹青诗咏开新路，
墨韵随波荡五洲。

（2008.7.19）

七律·屈辱历史不能忘

日寇侵华战火殃，
金陵血染国都亡。
屡沦夷狄空形胜，
豪夺人民腐稻粱。
一曲凯歌彰道义，
千秋伟业铸铜墙。
八年干戈深思却，
殷鉴先车永戍疆。

（2008.8.15）

中秋感怀二首

一

明月中秋妙色多，
诗情雅趣品佳酴。
今宵莫负婵娟美，
共赏嫦娥奔月图。

二

中秋赏月旷怡神，
夫唱妻和情义珍。
天道酬勤为有志，
人生着意四时春。

（2008.9.14）

重阳秋韵

秋风萧瑟复苍黄，
晓露清寒淡淡霜。
得其所哉斯情在，
东篱共赏醉重阳。

（2008.10.7）

七律·重阳时节游甫里

溪流港口映垂杨，
池藕鱼虾拾稻粱。
鱼网织成舟满荡，
石桥垒就岸花香。
惹人橹女渔歌调，
夺目云帆古韵长。
最是水乡形胜处，
重阳甫里好风光。

（2008.10.7）

翠影弄春晖

窗前翠影弄春晖，
银月潮歌金曲归。
玉液紫光人欲醉，
清姿入韵竟生辉。

（2008.10.9）

空妙轩箴言五首

一

空妙箴言三顶衣，
皆因屡世种菩提。
胸宽清静方为道，
愿此香烟如是祈。

二

听闻容易实心难，
杂念不除总是闲。
世事尘劳常挂碍，
深山静坐也徒然。

三

红尘白浪雨茫茫，
忍辱和谐是妙方。
到处随缘延岁月，
一生安分度时光。

四

彼此何须话短长，
秋风又见菊花黄。
荣华终是三更梦，
富贵还同九月霜。

五

夭寿穷通日日忙，
酸甜苦辣自承当。
是非不必争人我，
正直谦诚一实堂。

（2008.10.19）

七律·自勉

潜心耕砚意无休，
热爱诗书雅趣悠。
倾醉汉风存古隶，
心追曹魏化春秋。
清词绝句皆堪学，
劣字粗庸切忌羞。
高远冲虚天地隘，
不随流俗志当酬。

（2008.10）

书画感言十首

一

避俗生憎静夕朝，
厌听闹市沸声高。
由来雅趣群芳伴，
格调坚操气韵牢。

二

书画本来苦又难，
更知人品重于山。
捞银混世争官做，
笑叹鸺鹠堪可怜。

三

向慕虚荣争会衔，
地区省国苦追攀。
沽名钓誉真堪笑，
浪得浮名更汗颜。

四

心悟手摹继日耕，
临池洗砚听鸡鸣。
得贤学古求新法，
破笔千支妙境生。

五

碑帖相融为吾友，
挥毫泼墨写心胸。
朝唐暮晋追寻梦，
古圣今贤是吾宗。

六

岁月蹉跎净此身，
耕耘半百艺林亲。
回眸昨日诗书画，
期吾功夫进一轮。

七

古法继承防守旧，
流风聚起忌粗狂。
书斋笔健临秦汉，
体势谨严学米张。

八

笔下清风摇翠羽，
闲云碎步任巡游。
不随流俗时习转，
矫健纵横写九秋。

九

似闻纸上磬声飘，
境胜桃源墨迹骄。
笑问丹青何处染，
横枝傲骨好逍遥。

十

艺海潮歌荡五洲，
胸怀大志运帷筹。
追宗古法创新意，
吾辈荣膺浩气酬。

（2008.12）

冬至回乡祭父

冬至暮寒夜日长，
身临故土醉心芳。
哀思寄托亲情泪，
勤俭丰碑颂锦良。

（2008.12.21）

游绩溪龙川感赋一首

龙川古镇亘千年，
胡氏宗祠代代传。
放眼龙峰山水美，
和谐和顺奏新弦。

（2008.12.31）

元旦感怀

零捌非常多事秋，
山摇地动志不休。
百年奥运京华现，
神七飞天中国牛。

（2009.1.1）

除夕乐

除夕辞旧岁，
鸿运对红联。
祈祷拜先祖，
倾樽贺满圆。
千家祥致瑞，
万众福开年。
与尔同欣喜，
高歌唱九天。

（2009.1.25）

颂牛二首

一

接福迎祥兴旺牛，
墨飞笔舞写神牛。
丑牛献瑞桃符换，
艺海扬帆就是牛。

二

丑年献瑞吉祥牛，
艺苑耕耘奋进牛。
牛气冲天牛气足，
书山墨海拓荒牛。

（2009.1.26正月初一）

牛年感赋

腊梅添美色，
光照景明春。
接福平安岁，
纳祥念友人。
笑斟仙瑞酒，
邀举谊情真。
共祝心中愿，
牛年万象新。

（2009.1.26）

书画工作室落成庆典感赋

开园祥瑞喜迎宾，
翠影湖光醉客亲。
艺海高歌生态曲，
农耕文化谱新春。

2009年1月6日宜兴兴望文化园，方军书画工作室，开园庆典活动隆重举行，各界朋友纷至沓来，欢聚一堂，气氛祥和、热烈，有感赋诗一首。

立春感赋

举杯邀知己，
对饮诵春诗。
白雪携寒去，
红梅报暖期。
和风拂笑面，
细雨润莹枝。
同沐韶光秀，
晴阳共此时。

（2009.2.4）

元宵节感赋二首

一

月似银台镜，
繁花灯若开。
随风伤感去，
喜悦伴君来。

二

月光如镜彩，
灯焰似花开。
祥瑞随春至，
金牛送福来。

（2009.2.9）

感春

春歌春曲颂金牛，
春梦丹青翰墨酬。
春韵依然平不去，
春光入眠数风流。

（2009.2.13）

清明情

踏青道上雨霏霏，
三月清明哀幛帏。
躬种菩提春梦祭，
善心慈护佑我归。

（2009.4.4）

余携妻儿回故里为慈父扫墓，有感赋诗以寄哀思。

惜春二首

一

春心春意醉无眠，
珍爱春时好事缘。
独占春光风韵趣，
人生着意赛神仙。

二

春光普照画中缘，
柳绿桃红墨客牵。
入韵清姿别样处，
随风着意吻梅园。

（2009.4.6）

咏春

春阳季桂暗飘香，
五彩晚霞艳九光。
滋润丹青添雅趣，
神情入韵醉潇湘。

（2009.4.8）

南京解放六十年赋

地覆天翻六十年，
金陵歌舞艳阳天。
改革开放康庄道，
国泰民安众志坚。

（2009.4.23）

人民海军六十华诞感赋

战舰乘风戍海疆，
维和世界凯歌扬。
蛟龙出水英雄志，
六秩辉煌再远航。

（2009.4.23）

楹联九对

樵歌飞雨溪光净；
渔曲飘秋野岭清。
（题宜兴兴望文化园观鱼亭联）

兴来赏对墨香曲岸；
望去欣观绿影临池。
（题宜兴兴望文化园龙泉苑联）

葛盛陶庄闲论道；
韬光翠影醉品茗。
（题葛盛陶庄联）

宾丽金陶臻妙境；
含良慧眼创新图。
（题宾丽金色陶艺联）

积瑞祥云开妙境；
东来紫气聚摩根。
（题宜兴摩根企业联）

学到知非天命富；
臣功半百德心纯。
（题李学臣部长50岁生日联）

家兴欣逢花甲寿；
水清不染乐延年。
（题王家水先生60岁生日联）

挥毫脱俗生神韵；
染翰随时品自高。
（题书法联）

美味常招云外客；
清香能引月中仙。
（题紫湘阁酒店联）

品时鲜

阳春三月品时鲜，
普照湖光洗眼泉。
最是红云幽梦处，
神情入韵醉心田。

（2009.4.27）

初夏

季桂飘香夏又归，
轻研朱墨写清晖。
入情化境精神气，
五色霞光如梦依。

（2009.5.8）

夏日抒怀

朱墨轻研茉莉香，
金陵寄意放歌长。
双栖空谷六朝曲，
碧玉锁金醉晚妆。

（2009.5.10）

情逸双栖图

放怀挥洒入云烟，
汩汩碧泉泻大川。
情逸双栖云伴月，
桃园信步沐天然。

（2009.5.19）

端午有感

榴月薰风几度归，
灵芝艾草送清晖。
举杯遥祝端阳岁，
喜报吉祥紫燕飞。

（2009.5.28）

咏荷

丽日穆风摇碧莲，
金盆入韵奏新弦。
玲珑望月心中雨，
独占清阴菡萏鲜。

（2009.7.6）

立秋

暑气渐收乍起凉，
莲垂秋水鸟回翔。
纵然一夜风吹去，
满目青红紫玉光。

（2009.8.7）

躬请观音入新宅

云动风摇透彩光，
集门瑞气报吉祥。
即心是佛观音祐，
宅第清晖和顺昌。

（2009.8.25）

写荷

随风潜入沐清泉，
笔下金钗十二仙。
唯有芰荷生妙境，
卷舒开合任天然。

（2009.8.25）

七夕抒怀

鹊桥相会入云霄，
织女牛郎天地骄。
大爱人间歌一曲，
沧桑正道起风标。

（2009.8.26）

赏荷

碧玉金钗吻雨春，
睡莲并蒂普天真。
青红窈窕新鲜处，
月满秋光妙趣珍。

（2009.9.21）

七律·新中国六十华诞颂

万里神州喜气洋，
祥云肇岁灿秋光。
金瓯巩固风波净，
玉宇澄清国运昌。
十亿英雄乘凤舞，
九州豪气跨龙翔。
科学发展康庄道，
盛世腾飞继远航。

（2009.9.27）

余应江苏省诗词协会之邀，出席“庆国庆60周年暨第十二届金秋诗会”，作七律一首并现场吟诵。

乔迁之喜感赋

其一

佛光普照瑞宅门，
悦耳炮声迎客尊。
和顺和谐添锦绣，
安康永驻葆子孙。

其二

金桂飘香祥瑞宅，
甜糕苹果供餐台。
观音护祐和谐顺，
鸿运满堂抱日开。

（2009.9.26）

国庆中秋共度

双节共度灿秋光，
笑语欢歌好景长。
美酒佳肴花月夜，
与君同乐满庭芳。

（2009.9.30）

中秋感怀

桂月中秋至，
花红随季流。
应时全不变，
香饼话情悠。

（2009.9.30）

观国庆六十周年大阅兵感赋

其一

九州共庆颂中华，
威武三军豪气夸。
装备精良科技兴，
雄风阔步耀天涯。

其二

长街十里布雄兵，
挥手三军号群英。
服务人民行大爱，
中华强盛保和平。

其三

威武之师浩气然，
天开壮势铁军坚。
横空剑戟黄金甲，
大道豪雄万里旋。

其四

战舰远航旌旗扬，
平维世界厉兵强。
九州猛士军魂在，
正义之师斗志昂。

（2009.10.1）

秋韵

潜龙入海乐新娱，
玉液琼浆写意图。
夕照琴台新曲谱，
丹青和韵璧联珠。

（2009.10.10）

七律·重阳节写意

重九仍就丽日天，
秋高金桂满庭妍。
凭栏远眺舒心望，
倚座静观自在前。
挥去浮尘思已过，
招来清净颂高贤。
人生多彩晚霞美，
情畅意抒墨客牵。

（2009.10.26）

贺高以俭《我为艺术喝彩》首发

寄意陶情喝彩春，
清虚笔底语犹珍。
丹青相问邀谁驻，
品艺如歌励后人。

（2009.10.30）

游宜兴善卷洞

其一

天工巧夺纵情观，
暗洞行舟荡险滩。
化境畅怀多自在，
秋风着意惹人欢。

其二

善卷观音众拜之，
珍稀银缕梅堪奇。
圆通阁绝招贤客，
梁祝化蝶情爱知。

2009年10月31日，余和贤妻兰子邀请著名诗人丁芒及其夫人以及诗人苏自宽，书法家方秀伦、邓显义等观光兴望文化园，并游览善卷洞风景。大家兴致盎然，开心快乐，故赋诗以证。

咏百年柿树

一

纵横苍翠饮龙泉，
柿柿满枝如意添。
秋爽风清随我愿，
栉风沫雨浩天然。

二

渊英苍劲饮龙泉，
事事有成得意天。
香艳临风肩懿德，
寒霜日暮老虬坚。

（2009.11.1）

宜兴兴望生态文化园内有百年古树数十棵，都有名人认种。余有幸认种一棵百年柿树，故赋诗为证。

题百年朴树

苍然郁翠龙桥畔，
叶茂枝虬体势坚。
朴实无华丰碑树，
毕生大业创新园。

（2009.11.1）

晚秋

晚秋灿烂胜春俦，
霜染叶红醉梦游。
谁解人生如意事，
化缘普度忽消愁。

（2009.11.3）

立冬感赋

和风萧瑟立冬头，
霜叶透红独占优。
最是清思吟岁月，
人生得意放归舟。

（2009.11.7）

相聚海宁

海宁挥翰写天真，
彩染虹云万物春。
艺海潮人铺锦绣，
花开四季逸清纯。

2009年11月12日，艺海潮书画院一行书画家相聚海宁饭庄进行艺术交流活动，时气氛热烈和谐，有感赋诗为证。

应邀到江阴出席夏静油画展开幕式赋诗一首

艺通大道逸清华，
雅聚江阴喝彩花。
笔写天然呈妙境，
色开心底惹人夸。

（2009.11.14）

入冬初雪感赋

其一

初冬飞雪舞天飙，
六出银花窗外飘。
叶落风残霜打户，
堪怜万物入寒宵。

其二

凛风雪舞伴台前，
对雪临窗诗兴然。
满目素装银世界，
人生得意富清闲。

其三

昨日青黄五色丹，
今朝大地变银滩。
飞花昼夜皑皑雪，
荡尽污浊净百川。

（2009.11.16）

江浦慧济寺千年银杏树

撑天覆地浩云霄，
越尽千年气自娇。
垂乳沧桑甄大界，
逸闲化境好逍遥。

（2009.11.20）

名家荟萃话防艾

名家荟萃爱心帮，
众志成城艾病防。
节守贞操牢又固，
扫除滋毒气昂扬。

2009年11月24日，全国防艾宣传委员会在常州举行全国防艾宣传日启动仪式。著名影视艺术家濮存昕，总政国家一级演员克里木，书画家方军、杨永军和陆兴坤等应邀出席了启动仪式。

冬吟

寒风不觉垂杨荡，
依伴夕阳爱晚霜。
共筑人间圆大爱，
心原方境自清凉。

（2009.11.26）

有感书画献爱心活动

菲菲瑞雨兆吉祥，
彩泼霞芊墨舞裳。
荟萃群贤扬大爱，
人生着意赏清香。

（2009.11.28）

巢湖一中百年校庆感赋三首

其一

百年校庆彩旗扬，
灿烂校园着盛装。
育尽英才名校颂，
创新求实誉华章。

其二

一枝独秀皖中开，
桃李园丁别剪裁。
厚德善行歌晚景，
杏坛化雨育英才。

其三

宏图大展搏苍穹，
守信抱诚百业丰。
学子怀恩师造化，
相肩重任著新功。

（2009.12.16）

元旦感赋

一元复始灿琴阳，
事事开张送瑞祥。
鸿福安康如意愿，
和谐和顺渡慈航。

（2010.1.1）

大寒感怀一首

暮冬寒气逼，
吕祖散天花。
临槛丰年雪，
倚栏满月霞。
云移呈异彩，
风动放光华。
鹏展开新境，
神威镇恶邪。

（2010.1.20）

腊八节感怀一首

腊八开怀饮佛粥，
平添五味沁心悠。
德慈善孝菩提祐，
大化禅心悟道修。

（2010.1.22）

有感立春第一场雪

不觉春风夜雪寒，
腊梅舞动惹人观。
四围景物清新气，
共饮长歌玉酒欢。

（2010.2.11）

七律·除夕感怀

独占春光不畏寒，
清香飘动醉人欢。
金牛辞岁随风去，
玉虎迎春着意观。
艺海弄潮潮起涌，
大观人品品心安。
高台众垒同心唱，
一意善行天地宽。

（2010.2.13）

七律·虎年颂虎

盛世欣逢瑞虎年，
龙吟虎啸舞翩然。
迈开虎步建功业，
顺势虎威谱锦篇。
虎魄襟怀添视野，
虎声大爱乐群贤。
平安纳福迎祥虎，
虎气堪盈唱九天。

（2010.2.14正月初一）

双节感赋

欲问九天何日归，
鹊桥相会月圆晖。
勤研徽墨春花艳，
寄语陶情化蝶飞。

（2010.2.14）

四君子贺岁

九畹芝兰献瑞馗，
东篱菊酒写清晖。
潇湘竹雨贺新岁，
梅度春风昨夜归。

（2010.2.15）

赏 春

律回岁转醉徘徊，
波碧清仙供案开。
虽觉余寒毋自在，
悄然暖意越墙来。

（2010.2.16）

元宵节

一轮新月秦淮水，
万壑千山不夜晖。
灯焰银光多壮美，
八方风物笑春回。

（2010.2.28）

惊蛰大雪

六出飞花窗外飘，
春寒不觉柳枝摇。
赏梅足迹逢时处，
更有银装姿态娇。

（2010.3.6）

西安感赋

秦风唐韵古都情，
景致玲珑柳色青。
心底春花留倩影，
长歌一曲醉诗吟。

余与贤妻于2010年3月16日至31日，在西安临潼新疆军区疗养院疗养，期间游览了陕西名胜景观，颇有感悟，故作诗以抒情怀。

游西安临潼骊山明圣宫

战友同游览骊山，
只留倩影续情缘。
躬身拜上三清殿，
心有灵犀日月天。

2010年3月18日，风和日丽，余和贤妻与同期疗养的天津警备区原副司令员李凤河将军及夫人，沈阳军区联勤部王和义及夫人，青岛海军潜二支参谋长王献及夫人，潜院朱玉莲医生等乘车游览骊山风景，有感赋诗一首。

西安临潼新疗休养感赋

春光入梦养新疗，
榴树虬枝竹影摇。
妙句警言观者爱，
风情雅趣满园飘。

（2010.3.19）

与李凤河将军喜结诗缘

春风催绿友亲朋，
箴语畅怀大道澄。
幸有临潼情谊定，
将军再叙到金陵。

（2010.3.19）

余和贤妻在西安临潼新疆军区疗养院疗养，时与天津警备区原副司令员李凤河将军夫妇同在一起疗养，闲时交流，话语投机。是日李将军赠诗一首与余，诗曰：

骊山有缘识新朋，春风惬意言无声。
愿与方君结挚友，来日相见续别情。

游西安中国唐苑有感

柳林苍古叹人观，
足踏磨盘别有天。
溪畔松虬花伴客，
洋洋得意唱新欢。

（2010.3.20）

是日天晴乍暖，微风拂面，吾和贤妻在好友蔡昌林夫妇及王建玲的陪同下，驱车兴游唐苑，所见胜观，不尽陶然，故诗兴而发，即赋一首。

1.园内沿路有成片百年古柳，形态各异，新发枝条，随风摇动，婀娜多姿，引人入胜，难得一见。

2.园中小道有大大小小的古磨磐石铺成，绿草相映，曲径通幽。

3.园内溪水潺潺，松岚古韵，姿娇翠影，风催花香，怡人惬意。

4.洋洋即羊羊谐音，园内有群羊石雕，其形古拙，神态各异，雕工完美，为古人所作。

游西安曲江池感赋

长安胜景曲江池，
轩榭琼楼绿水奇。
玲俏柳摇溪映影，
清虚妙境醉题诗。

（2010.3.20）

鸿门宴遗址游记

鸿门开宴浩长天，
楚汉相争大志坚。
风起歌兮天下定，
威扬四海颂千年。

（2010.3.21）

瞻仰秦始皇陵墓

秦始皇陵紫气收，
羽驰兵马势悠悠。
江山一统唯嬴政，
不废黄河万古流。

（2010.3.21）

春分韵

暑寒昼夜不均平，
气爽干湿物返青。
若解春情春韵曲，
清晨早起踏歌行。
（2010.3.21）

西安至延安途中

其一

车行大道两边观，
黄土风情映眼帘。
窗外民居右任馆，
先贤挚爱思秦川。

其二

黄土山峦云雾间，
高坡窑洞隐炊烟。
车行山道盘旋路，
万亩果园现眼前。

右任馆：于右任故居纪念馆。

途经黄帝陵拜祭

车行谷底绕峰峦，
遍野桃花漫壑妍。
放眼黄陵存万象，
人之初祖浩长天。

（2010.3.22）

观黄帝陵千年古柏感赋

苍穹古柏五千年，
吾伴贤妻留影前。
越尽沧桑天地事，
是非自有论先贤。

（2010.3.22）

观黄河壶口瀑布有感

其一

黄河千里一壶收，
咆哮飞流穷尽头。
放眼纵观秦晋地，
山河壮美颂三秋。

其二

万山不墨挥之去，
千里黄河放眼收。
但有黄龙天地吼，
生疑梦里醉中游。

（2010.3.22）

参观杨家岭枣园感赋

一代伟人定乾坤，
杨家岭地枣园村。
窑洞为家谋大略，
中华屹立东方春。

（2010.3.22）

延安窑洞

夫妻结伴游延安，
窑洞小居好新鲜。
入睡安然缘好梦，
清晨赏景高坡前。

（2010.3.23）

兴游延安

其一

高坡窑洞隐云间，
阅尽沧桑大道坚。
宝塔山巍多壮志，
延河水拍洗心宽。

其二

延安窑洞延河水，
宝塔山雄猎猎摧。
圣地楼台高矗立，
和谐景象艳阳晖。

（2010.3.23）

观西安碑林有感

天下碑文一览收，
晋唐秦汉墨千秋。
石门勤礼怡情趣，
励志后人孜孜求。

（2010.3.24）

大雁塔前拜玄奘

大雁塔前倩影留，
鞠躬玄奘卜春秋。
苍天忽降人间雨，
净化心灵悟性修。

（2010.3.24）

参观法门寺感赋

法门古寺越千年，
佛祖真身舍利安。
顿拜虔诚心佛在，
有缘载德慧生贤。

（2010.3.25）

拜乾陵

乾陵世已远尘哀，
碑断石崩宫殿埋。
无字碑空功德胜，
年年自有祭陵来。

（2010.3.25）

游西岳华山感赋

其一

峭壁悬崖气势雄，
华山西岳望莲峰。
车循索道升千壑，
魂系云霄上九重。

其二

攀登峰北兴无穷，
昂首西峰耸浩空。
峻岭苍岩惊俗眼，
天风荡荡洗尘胸。

其三

智取华山八勇士，
群雕矗立耸晴空。
夫妻相伴忙留影，
景色迷人豪气融。

（2010.3.27）

余和贤妻与海军潜二支王献夫妇，乘专车同游华山。登北峰望西峰，足踏华山一条道，俯视万丈深渊，虽心惊胆战，但乐在其中。

疗养感言

新疗花影草青青，
警句妙文字字情。
服务热忱人颂好，
心宽意满乐康平。

（2010.3.30）

清明颂

骀荡阳中日，
隐流绿柳莺。
飞花翩蝶舞，
纸火照天平。
心孝怀先祖，
酒醇敬英灵。
随风归故里，
拜谒颂清明。

（2010.4.5）

新宅牡丹妍

居住新宅第一年，
牡丹争艳府中妍。
花开富贵平安报，
幸福安康快乐天。

（2010.4.6）

情牵玉树

玉树震灾万众牵，
家园摧毁又辛艰。
化悲夺难同心渡，
大爱无疆浩志天。

（2010.4.14）

参观青阳县宾山革命纪念馆感赋

秋风铁马战关山，
尽越苍穹视等闲。
铸就辉煌成大业，
宾山胜地励人间。

（2010.5.15）

游宋冲村

竹浪松涛慰古贤，
峰峦秀出九重天。
溪泉曲绕石桥过，
山野炊烟墨客牵。

（2010.5.15）

游九华山感赋三首

其一

盘山越岭九华道，
俯瞰青峰隐若团。
古寺钟声明世界，
觉心化境兆平安。

其二

云锁天街九曲弯，
开山望眼寺连环。
香随瑞霭弥天际，
地藏灵光普宇寰。

其三

觉人觉己觉心宽，
修炼百年度日寒。
海玉肉身金灿灿，
灵光普照忽开颜。

（2010.5.16）

采风感怀

感悟生活法自然，
清虚化境写山川。
诗歌艺海扬帆志，
群策筹谋正气坚。

（2010.5.16）

题赠徐吉水战友共勉

渤海龙湾战友情，
军营乐趣放歌声。
航行四海英雄志，
放马南山浩气生。

（2010.6.3）

品茗感怀

展翅凤台生妙华，
玉香六合品新茶。
亲和孺子清幽处，
日出红霞境自佳。

（2010.6.6）

对画感怀

写情写韵写春晖，
天地云游绿柳垂。
笔舞霓裳花月夜，
桃园着意墨生辉。

（2010.6.16）

端午抒怀

端午欣闻艾叶香，
吟诗把酒共情长。
品尝蜜粽人间爱，
岁岁年年鸿运昌。

（2010.6.16）

在景德镇陶瓷研究所创作瓷瓶画

一

落笔瓷胎心底茫，
轻描重彩意难张。
三番五次拭毫端，
佳境渐生兴致扬。

二

釉上彩描着意窥，
青花釉下巧思维。
随形就势宽心境，
啸傲鹰姿影玉瓷。

2010年6月21日至23日，应徐吉水战友邀请，参观景德镇陶瓷研究所。余和妻兰子以及白英卓、阎志祥、雍永龙等一行，与景德镇陶瓷艺术家进行艺术交流和创作活动。时感慨颇多，故赋诗以证。

游婺源感赋

一、江湾古镇

古居宅第越苍然，
遥望龙池碧接天。
时有清香透锦语，
萧江几度换人间。

二、汪口村

村口古樟映夕阳，
巷街石径露青光。
山中有客归途忘，
淡日云烟溢冷香。

三、理坑村

清灵曲水绕村间，
俯瞰烟霞起复眠。
斜倚东栏舒望眼，
悠然仙境挂前川。

（2010.6.23）

贺儿方睿媳周彦君新婚喜宴

良辰美酒宴嘉宾，
天地人和宅第新。
月夜春华秋硕果，
安康乐业享太平。

（2010.7.18）

夏日杂咏二首

一

日暇漫意品华章，
研读经书顿悟常。
宁静修心观自在，
烟霞浮动伴清香。

二

夜阑人静半窗开，
月色清灵照我怀。
心净无尘当自慰，
凉风潜入梦中来。

（2010.7.12）

七律·建军83周年感赋

人民军队为人民，
凛凛威风护卫神。
铁马金戈平万里，
凌云浩气冠三春。
丹心愿献留青史，
碧血甘酬壮志身。
报国精忠胸胆勇，
放怀华夏丰碑珍。

（2010.8.1）

立秋感言

炎夏犹存秋动情，
热风夕照伴蝉鸣。
舒怀畅墨写花影，
漫步轻声赏晚萤。

（2010.8.8）

秋藉听蝉鸣

夜光辉映伴蝉鸣，
风动枝头气象新。
画意诗情抒美景，
秋雨踏歌一路行。

（2010.8.25）

情系舟曲

舟曲天灾万众忧，
英雄不屈不低头。
同舟共济战灾害，
重建家园豪气收。

（2010.8.23）

秋思

凭寄南窗伴砚眠，
举毫凝盼月儿圆。
轻研禅墨舒心处，
一点秋思入梦牵。

（2010.8.29）

抗战胜利65周年感赋

其一

侵华日寇杀人狂，
家破国亡血染霜。
万众英雄齐抗战，
豺狼赶走旌旗扬。

其二

家仇国耻不能忘，
富国厉兵世代昌。
享乐忘危是大敌，
民族兴盛奋图强。

（2010.9.3）

参观上海世博会感赋

战友夫妻结伴行，
世博纵揽百年情。
人山人海观胜景，
眼底辉煌世界英。

（2010.9.15）

中秋感赋四首

其一

中秋节日月儿圆，
好友亲朋互贺安。
忙碌几时心放静，
平分快乐福人间。

其二

烟火野泉透晚霞，
轻涛溪月隐山崖。
吟诗只借一壶酒，
读史还须数盏茶。

其三

紫烟新雨后，
霞彩映莲池。
玉境弄清影，
蟾宫折桂枝。
蝉声留旷野，
雁叫发音奇。
随意秋芳近，
花香鸟语时。

其四

秋雨随风至，
晚来一色黄。
时葩不夺艳，
阵阵溢清香。

（2010.9.22）

吟秋

秋风入夜沐清泉，
情逸梅园着意欢。
月色珠光香茉莉，
洞庭三曲品新鲜。

（2010.10.15）

赏秋图

朱墨初研茉莉香，
梅园如意放歌长。
双栖拥合春秋曲，
汩汩清流入梦凉。

（2010.10.16）

重阳节感赋

又到重阳九月天，
黄花耀眼放怀妍。
举杯共饮赏心酒，
再品粘糕好梦圆。

（2010.10.16）

题秋韵图

如意双栖展翅长，
玉泉涌动隐清香。
骄姿入韵华容影，
几度欢歌映紫阳。

（2010.10.22）

参观广州黄埔军校旧址

风清日丽起波澜，
黄埔校园旧貌然。
立志但求华夏兴，
同声高唱换新颜。

（2010.10.29）

拜广东韶关南华寺感言

南华古刹越千年，
六祖慧能度众贤。
佛在心中无挂碍，
空如一实任随缘。

（2010.11.1）

题霜红秋月图

霜红秋月醉心花，
眼底春华放彩霞。
舒展逸情抚玉碧，
泉流山壑日西斜。

（2010.11.4）

金陵十二钗嵌名集句联

一、林黛玉

黛粉施眉花照水；

玉如西子柳扶风。

二、薛宝钗

立贤聚宝风华月；

才富金钗雪里埋。

三、贾元春

三春不及元春景；

四季相逢若梦归。

四、贾迎春

迎喜冤家芳魄散；

春归蒲柳艳魂消。

五、贾探春

探求才志精明处；

春梦相思雨路遥。

六、惜春

春光勘破惜春景；

子夜青灯古佛旁。

七、**李纨**

桃李春风霞凤冠；

珍纨光灿禄高登。

八、**妙玉**

妙空欲静何曾静；

玉碧清心安可心。

九、**史湘云**

苦海金晖风月锁；

湘江水逝楚云飞。

十、**王熙凤**

弄权夺势熙从众；

哭向金陵凤落坡。

十一、**贾巧姐**

势败休云亡富贵；

论亲巧姐遇恩人。

十二、**秦可卿**

可卿春尽尘香落；

月貌花开宿孽情。

（2010.11）

贺艺海潮书画院成立十周年

十载春光不畏寒，
清香飘动醉人欢。
群贤舞墨随风去，
雅士挥毫着意观。
艺海弄潮潮起诵，
大观人品品心安。
高台众垒齐声唱，
友爱善行天地宽。

（2010.11.19）

艺海潮书画院于2001年成立。十年来，艺海潮书画院为弘扬中华文化，创作精品书画，构建和谐画院，推动艺术发展等取得了可喜成绩。艺海潮书画院是近年来活跃在社会中一支有正气、有生气、有实力的艺术队伍，培养和宣传了一批书画艺术家。有不少书画家通过这个平台得到成长、发展和壮大，成为颇有影响力的书画名家。

2011年元旦抒怀

其一

平心舒望窗栏外，
一缕阳光扑面来。
最是新元无限好，
情牵大爱赋诗开。

其二

驱除小鬼奏新弦，
畅饮高怀大志坚。
虽有是非常弄巧，
一身正气浩天然。

其三

一实生豪气，
书斋翰墨香。
挥毫驱魑魅，
艺海远名扬。

梅园随感

其一

闲梦梅园别有天，
情开和韵似神仙。
玉泉碧乳潺潺涌，
魂系香销紫透颜。

其二

清风独占性情欢，
梦入梅园放眼观。
给力金阳圆大爱，
寒香飘逸普天丹。

（2011.1.6）

读陈迅《家住半山园》感赋

半山亭寺写春秋，
一代名臣王谢休。
双鸟啼鸣成九曲，
园中后隐计鸿猷。

（2011.1.15）

读陈迅《寻访乌衣巷》感赋

文德桥头映晚霞，
乌衣巷口照霓花。
今朝王谢门前客，
醉梦寻游忘却家。

（2011.1.15）

读陈迅《明城墙》感赋

越尽沧桑六百年，
城池固垒巨龙蟠。
春华秋月人间事，
印在墙砖世代观。

（2011.1.15）

冬日抒怀

荏苒光阴已境迁，
梦寻几度忆情缘。
云开晴灿双心锁，
鸿燕舒怀抱日观。

（2011.1.16）

社区文化又新标

雪舞祥和漫空飘，
社区文化又新标。
群贤毕至频频贺，
满目青花五彩娇。

（2011.1.18）

大寒感赋

雪舞金陵翰墨情，
天寒何畏路中行。
欲求温酒常相会，
且问卑人可善心。

（2011.1.20）

写春联

展开红纸尽情书，
副副春联事事苏。
墨洒麒麟抒美意，
吉祥玉兔报平途。

（2011.1.20）

南京巢湖商会新春年会感赋

金陵荟萃话徽商，
共论筹谋浩气扬。
欢聚钟山帷计策，
乡情笑语满厅堂。

（2011.1.23）

除夕感怀

给力金阳不觉寒，
时光运转普新天。
当歌对酒饮长夜，
祛浊呈祥迎兔年。

（2011.2.2晴）

兔年抒怀

皓月当空照九州，
友朋吟咏寄春秋。
风清永日群贤仰，
心静终宵愿亦酬。

（2011.2.3春节）

兔年吉祥

玉兔迎春紫气周，
兔年给力运谋筹。
良宵喜对呈祥兔，
兔魄常圆季月俦。

（2011.2.3春节）

正月初一

爆竹声声唤彩风，
冬阳普照半山红。
昨天除夜烟花放，
伊始新开万象中。

（2011.2.3）

新年感赋

喜气迎春翰墨收，
群贤荟萃计鸿猷。
诗书万象金瓯颂，
步入新元业道酬。

（2011.2.3春节）

新年感怀

清正舒怀一实堂，
平生误伴小人旁。
澄心悟道从头越，
扬善祛邪翰墨张。

（2011.2.12）

瑞雪

瑞雪情开舞动飞，
今朝又是月圆归。
华章勤读红花艳，
寄意三春化蝶辉。

（2011.2.14）

元宵节

华岁上元浩月光，
焰花灯彩送吉祥。
喜逢盛世神仙境，
情暖春阳心底芳。

（2011.2.17）

吟梅

轻声细语最抒情，
正是梅开柳色青。
心底春花留倩影，
长歌一曲醉诗吟。

（2011.2.26）

问梅

梅开高致影清奇，
谁伴潇湘绝世姿。
着树春光红可试，
花明醉赏忘归时。

(2011.2.26)

惜梅

仙姿玉碧舞霓裳，
知是篱边一色黄。
疏影横斜明月照，
春风独占暗浮香。

(2011.2.26)

画梅

素艳雪凝树，
清香风满枝。
影飘流水处，
画到怡人时。

(2011.2.28)

咏梅

疏影横斜隐暗香，
清寒造就性逞强。
应缘近水花先发，
满目春光十里芳。

（2011.2.28）

梦梅

春光独占尽情欢，
梦入梅园性境宽。
给力金阳圆大爱，
寒香飘动悦开颜。

（2011.2.29）

探梅

暗香伴梦妙然生，
曲径通幽翠竹鸣。
芳色满园争艳舞，
清虚深处寄真情。

(2011.2.29)

赏梅

赏梅吻雨醉心花，
暮逸朝情倩影霞。
高雅入怀生妙境，
隔栏伴唱月西斜。

（2011.3.3）

抚梅

轻声吻雨最抒情，
正是梅开柳色青。
心底春花留倩影，
妙然为俏醉诗吟。

（2011.3.3）

品梅

品茗醉饮赏心花，
朝暮诗情月影斜。
雅趣入怀生妙境，
清虚淡泊度春华。

（2011.3.3）

寻梅

浮云淡月两三枝，
窗外飘红点点奇。
相问能知何处去，
小园剩有醉成诗。

（2011.3.5）

写梅

三春醉月赏心花，
挥写诗情翰墨嘉。
妙趣入怀生雅性，
清香淡逸染金华。

（2011.3.5）

吻梅

吻梅三月赏春华，
沉默心花放彩霞。
影俏妙然常自在，
相依相伴碧无瑕。

（2011.3.19）

题赠翠竹音乐台

欢声笑语意情生，
朝暮放歌翠竹鸣。
牵手善缘圆大爱，
乐台深处寄真情。

（2011.3.19）

春景虚幻

金陵胜景曲吟池，
轩榭琼楼虚幻奇。
梅俏柳摇溪映影，
相依为妙醉题诗。

（2011.3.19）

沉痛悼念岳志东先生

慷慨输才七十春，
渊源学幼雅儒林。
毕生怀志垂功绩，
旷世悬壶沥血心。
燕侣莺俦亲众友，
书豪文撰敢抒情。
忽闻噩耗惊传及，
飞泪频挥湿透襟。

（2011.4.12）

惊悉内蒙古大学教授、著名书法家岳志东先生仙逝东瀛，不胜悲恸。岳志东教授一生儒雅怀志，亲善待人，友朋四方，书艺传道，令人赞颂。故鞠躬赋诗一首，寄以哀思。

重游韶山

别梦依稀二十年，
韶山旧貌写新篇。
繁荣锦绣花间道，
心底春光不入眠。

（2011.4.22）

游张家界走鬼谷栈道

栈道悬崖立壁伸，
人行云里雾沾身。
举头望断红霞破，
足底渊鸣万壑春。

（2011.4.24）

畅游漓江

江如白练洗奇峰，
飞雨云间幻境朦。
舒望青峦蓝带舞，
天然水墨写苍穹。

（2011.5.15）

中国共产党成立90周年感赋

万里神州喜气洋，
镰锤相映展辉煌。
金瓯巩固风波净，
玉宇澄清国运昌。
四海版图完美好，
九州和顺颂歌长。
与时俱进康庄道，
旭日东升继远航。

(2011.7.1)

江苏省安徽商会书画院成立

徽商文化古今传，
各领风骚翰墨研。
构建和谐添雅趣，
苏情皖韵普天丹。

(2011.7.26)

夏日抒怀

荷月熏风菡萏英，
蝉歌带雨瞬阴晴。
晨蓝午绿夕阳艳，
泼彩抒怀几度行。

（2011.8.23）

赏荷

空然洁傲写天真，
心语吴歌静夜珍。
秋水银波开妙境，
风摇菡萏出新陈。

（2011.8.25）

题牡丹

冶态轻盈潇雨春，
风摇并蒂写天真。
素香洁傲昭阳艳，
月影浮光雅趣珍。

（2011.8.29）

秋思

水心云影妙然生，
玉碧玲玲墨韵情。
遥望西都常伴梦，
相思不夜到京城。

（2011.9.4）

在母校设立书法奖

杏坛化雨教风扬，
师德标兵受表彰。
书画助学添雅趣，
英才育尽创辉煌。

2011年9月10日，巢湖二中庆祝第27个教师节暨表彰大会隆重召开，余携夫人应邀出席大会，并在母校巢湖二中设立了“方军书法奖”，奖励在教育战线上作出贡献的“师德标兵”“学科带头人”书法作品，此举受到巢湖关工委、巢湖二中领导和师生们的高度赞誉，同时为推动教育事业的发展起到积极作用。

游巢湖中庙感赋

清波浩淼泛银川，
庙宇飞楼峙远天。
凌空凤台湖岸冠，
云霞吞吐耀坤乾。

（2011.9.11）

湖光寺影

银光金阙浩然开，
中庙临湖凤月台。
着意秋风歌古寺，
登高远眺赋情怀。

（2011.9.11）

咏湖滨奇石鹰

巢湖堤岸起苍雄，
奇石天然浩志鸿。
回望青山屏绿水，
精钟灵气荡胸中。

（2011.9.11）

中秋祝福

天上何时皓月开，
人间素影暖胸怀。
清虚妙法舒澄境，
杯酒邀君祝福来。

（2011.9.12）

赠巢湖画家周逢刚

巢风湖韵写春华，
逢墨刚皴妙趣嘉。
意笔天成抒己境，
青山绿水映云霞。

（2011.9.13）

秋韵图

金盆菡萏逸情悠，
醉卧晴阳一梦秋。
碧水银波吟妙处，
天真洁傲渡轻舟。

（2011.9.21）

有感丁芒诗学研究会书画联谊笔会

点前点后点情怀，
着意秋风墨韵开。
尽性挥毫描五彩，
诗书万象聚贤才。

（2001.9.24）

古都南京生态玄武感赋三首

其一

山水城林景色宜，
明墙尽越古沧姿。
绿茵道路高楼矗，
玄武风光水墨奇。

其二

创新发展运筹谋，
博爱民生幸福讴。
文化弘扬高品质，
宇澄万象写春秋。

其三

绿水青山一色收，
梅红十里醉人游。
金秋满目飘丹桂，
墨彩天然泼翠洲。

（2011.9.28）

赞国画大师傅小石

其一

大师小石墨千秋，
神笔天成耀九州。
留得清香存后世，
诗开万象翰情悠。

其二

小石惊天屹画坛，
挥毫成就继先贤。
平生翰墨留丹彩，
励志学人尽性观。

（2011.9.30）

谒中山陵

长阶映日阜临风，
毓秀涵烟雪柏葱。
后继子孙承志愿，
谒陵万众颂贤公。

（2011.10.1）

谒明孝陵

石象路长隐暗香，
雕栏画栋对斜阳。
丰功伟业追唐宋，
冷眼空俦落叶凉。

（2011.10.1）

灵谷桂香

秋来胜景踏残阳，
石径通幽溢桂香。
今夜和风飘古寺，
明朝十里散芬芳。

（2011.10.1）

游常州淹城

淹城追古自春秋，
遗址残存护水流。
依旧繁华人造景，
而今迈步享清幽。

（2011.10.25）

作画跋语二首

一

碧玉双馨剔透莹，
秋阳轻吻翰风铭。
精传花蕾云深处，
乐享清虚入汉庭。

二

吸取精华妙趣珍，
畅怀无限紫云春。
挥毫入韵丹霞艳，
花蕾幽香翰墨神。

（2011.11.10）

清姿竹影

赏云吻雨醉心花，
朝暮情怀影若霞。
高雅清姿生妙境，
隔窗犹唱月西斜。

（2011.11.13）

题双雄嬉柳图

双栖空谷一鸣声，
天际遥从唱晚晴。
鸿志凌云舒望眼，
柳风翠岫映华清。

（2011.11.22）

题寒月图

卯钟平日短，
上月夜眠长。
琴韵邀云雪，
笛声入梦霜。
幽情书远岫，
逸趣画寒阳。
初品时冬美，
抒怀化紫光。

（2011.11.24）

咏菊

秋风醉菊逸情怀，
着意心花墨韵开。
青紫藤黄描五彩，
尽抒心底写贤才。

(2011.11.28)

南窗寄语

前湖绿雨采晓荷，
幽梦南窗放彩歌。
倩影妙然多自在，
银光荡水漾秋波。

（2011.12.22）

2012年元旦感赋

流光暮霭随风去，
诗画抒怀结友缘。
意醉禅心澄万象，
文章丽句贺新年。

新年创作双雄图并题诗一首

意笔双雄妙趣珍，
挥毫落纸写精神。
抒怀胸臆吟诗韵，
浩气诚然万象春。

（2012.1.1）

艺海潮书画院
黄山分院成立揭牌仪式

其一

艺海扬帆翰墨酬，
黄山分院运筹谋。
嘉宾满座高朋至，
书画情牵两地游。

其二

徽州故里写春秋，
挥翰抒怀雅趣悠。
引领文风高品质，
弘扬传统竞风流。

（2012.1.8）

龙年除夕颂

瑞雪迎风至，
平安福运牵。
檀香浮画案，
清供敬朋贤。
围坐观春晚，
阖家夜不眠。
心欢杯畅饮，
拂曙庆龙年。

（2012.1.22）

题《梅花图》

抚梅摇柳艳云霞，
心底春光放彩华。
洁傲天真开晚翠，
清姿月影綄新纱。

（2012.2.6）

大道惟中

中和为道道惟中，
淡定安然德性同。
处事以中扬本善，
与时俱进写雄风。

（2012.2.10）

余应邀与沈阳军区政治部秦保中将军交流，秦将军嘱吾创作书法“大道惟中”，余即兴挥就，并作诗题跋，可谓诗书合璧。

为陈献金将军创作书法

故地重游誉满篇，
喜开醉眼赏龙湾。
军营本色依然在，
半百人生翰墨缘。

（2012.2.12）

赏花三月

天寒三月赏梅来，
花蕾羞颜欲试开。
清艳不同争自在，
暗香飞动悦心怀。

3月3日，天气仍然比较冷，梅花还没有盛开，满树的花蕾，有几朵争着展开笑脸，迎接着踏青的人群。可是那花房内又是另番景象，鲜花盛开，百花争艳，赋诗以证。

清明祭祖

瑞阳普照踏清明，
孝子贤孙祭祖陵。
冥纸燃灰随影去，
佛心化境寄哀情。

（2012.4.4）

参观巢湖炯炀中学感赋三首

其一

灿烂校园着绿装，
紫馨柳影漾波光。
学堂教舍平常景，
秋实春华硕果香。

其二

励志成才德领先，
至勤至善校风严。
追求卓越一流创，
誉满江淮翰墨传。

其三

炯河炀水孕才良，
启智千家悟短长。
博学笃行成大德，
满园励句校风扬。

（2012.4.6）

题《三雄图》

金阳给力起昂扬，
入境精华墨韵昌。
意笔三雄尽性染，
轻声妙蕾舞霓裳。

（2012.4.12）

题兰子虾趣图

春心着意喜无眠，
珍爱寸阴好事缘。
独占春光风韵趣，
争游奋进勇当先。

（2012.4.19）

赏巢湖银屏牡丹

又逢谷雨赏花天，
六朵银仙立壁妍。
事顺自然生妙境，
我心即佛化机缘。

（2012.4.20）

合肥书画笔会感赋

合肥大道花木映，
矗立高楼入画图。
水韵庐城挥彩墨，
妙然神趣傲天孤。

（2012.4.20）

海军指挥学院六十华诞感赋

谋略攻研戍海疆，
讲台三尺凯歌扬。
高瞻独立英雄志，
六秩辉煌再远航。

2012年5月16日，是海军指挥学院建院60周年纪念日，特赋诗并书法以贺。

拜包公祠感赋

安贫守道荐明贤，
举世咸歌浩志坚。
廉政为官官气正，
丰碑咏训训规严。
拳拳赤子平凡辈，
耿耿襟怀众目观。
不信今时无勇士，
乌纱顶上是青天。

（2012.5.20）

艺海潮书画院巢湖分院迁址揭牌仪式

艺海扬帆继远航，
潮歌墨舞彩云祥。
水光山色巢湖美，
画院揭牌写锦章。

（2012.6.10）

天下第一庙巢湖中庙

庙堂自古筑山间，
唯有凤台傍水关。
中庙机缘天井透，
风神独占屹瀛寰。

（2012.6.10）

题《大展鸿图》

大展鸿图视九垓，
云横怒翼邈天开。
江山万里朝霞映，
气势平添吉瑞来。

题《三雄图》

竖笔三雄翰墨珍，
橙红紫绿写天真。
等闲识得青光面，
化境琼台万象春。

（2012.6.15）

题画跋语

一汪水碧映庭花，
意写精传放彩霞。
心底春华留倩影，
妙然竖笔起三家。

（2012.6.15）

端午节感怀

端午浴兰艾蒲香，
抒怀古意后昆芳。
榴花五月垂杨荡，
邀客杯盘恋草堂。

（2012.6.23）

题《松鹰寒冬图》

寒风不觉枝头荡，
依伴苍松醉晚霜。
共筑人间圆大爱，
心澄方净自清凉。

（2012.6.23）

神九度端阳

天宫神九度端阳，
太空三雄谱锦章。
唯有中华多壮志，
威风独占气轩昂。

（2012.6.23）

七律·神九颂

宇宙洪钟叩太空，
声波浪及九州同。
虽云流响周天壤，
唯有清音绕月宫。
五福随从辉碧汉，
三英化育壮豪雄。
百年梦想今方显，
待看中华大业隆。

（2012.6.23）

即景抒怀

丹桂飞霞茉莉香，
普天红艳展华阳。
玲芳玉碧惜花蕾，
寒梅洁傲梦徽乡。

（2012.6.28）

访德国法兰克福

莱茵河水荡清风，
两岸楼房绿影中。
洁净小街幽雅地，
正义女神耀月宫。

（2012.6.30）

参观巴黎卢浮宫

宏伟豪华叹止观，
珍奇三宝耀天丹。
先贤才艺乾坤冠，
独领风骚日月寒。

（2012.7.1）

三宝：指维纳斯雕像、自由女神雕像和蒙娜丽莎肖像油画。

参观巴黎凡尔赛宫

华宫丽殿越千年，
路易王朝奢可天。
壁画满堂千古事，
后人自有论连篇。

（2012.7.2）

夜游巴黎塞纳河

两岸游船霓虹阑，
轻歌破浪踏歌欢。
凭栏举目天宫处，
艺术殿堂一大观。

（2012.7.2）

享受瑞士湖滨小镇

碧水灵灵映绿波，
青山楼影鸟欢歌。
教堂别墅清风过，
五彩烟云入梦迦。

（2012.7.3）

瑞士名城琉森

山围楼景水连城，
别样风光满目情。
游艇荡波观两岸，
天然一派画中行。

（2012.7.4）

游奥地利因斯布鲁克街景

漫步老街赏古楼，
黄金屋顶耀春秋。
水晶饰品天然造，
石路雕墙放眼收。

（2012.7.5）

奥地利莫扎特故乡萨尔斯堡

红房塔顶石雕墙，
车马驮人逛景阳。
城堡教堂雕像矗，
川流宾客忘归乡。

（2012.7.5）

观维也纳金色大厅音乐会

金光璀璨壁辉煌，
交响琴声悦耳旁。
一曲心歌人欲醉，
澄然如梦浣霓裳。

（2012.7.6）

意大利威尼斯水城

楼在水中水绕城，
船行街巷笑声迎。
千年古屋随波映，
赞叹先哲岁月峥。

（2012.7.8）

有感欧式建筑

雕梁塑壁层层立，
百态千姿品造型。
华丽宫堂如画里，
满街艺术醉芳庭。

（2012.7.11）

有感欧洲行二首

其一

山青水碧映蓝天，
举止文明友谊牵。
车让行人人快乐，
嫣然一笑更生贤。

其二

绿道花荫隐垢圾，
时常警惕小偷窥。
假期一到人离去，
宾客茫然欲问谁？

(2012.7.16)

问夏

蝉鸣酷扰觅清凉，
问夏轻声吻健康。
雨润妙然添慧智，
情真别样舞霓裳。

(2012.7.28)

七律·建军85周年感赋

南昌枪响震寰中，
揭竿秋收挽满弓。
推倒三山堪智勇，
别开一代数英雄。
翻天辟地澄环宇，
治国安邦念大戎。
伟业隆功勋绩著，
千秋华夏浩苍穹。

（2012.8.1）

砚边散记

常研徽墨点朱砂，
情逸朝阳月胧纱。
竹影潇湘花蝶舞，
相思妙境忆春华。

（2012.8.7）

题《群英荟萃》

群英荟萃展鸿图，
一派春光万里苏。
妙境天然凭翰墨，
丹青不俗异形殊。

（2012.8.8）

砚边抒怀

春花妙境倾心写，
施以秋蓝影入怀。
品墨赏诗人欲醉，
澄然万象觉源开。

（2012.9.15）

砚边散记

蝶舞春蕾万象间，
花开时有待机缘。
善言警句勤安置，
鼓足精神续锦篇。

（2012.9.25）

中秋抒怀

天上今时皓月开，
秋风荡影映秦淮，
清虚妙法舒澄境，
杯酒邀君祝福来。

（2012.9.30）

贺“十八大”胜利召开

一大红船劈浪行，
和谐盛会继新程。
运筹帷幄宏图展，
谱写鸿猷万象生。

（2012.11.8）

读江宝全《奇谈怪论》感赋

奇谈怪论放箴言，
警句醒人励志坚。
凭借东风唯实践，
儒商后继有良贤。

（2012.11.30）

砚边散记二首

其一

玉句清词望眼穿，
诗歌曲赋舞青蓝。
霓虹飘影云中梦，
禅墨精华写九天。

其二

酒香入胜醉君眠，
对饮杯中菡萏鲜。
试目清姿如碧玉，
随风飘月梦心泉。

（2012.12.15）

咏荷

蓝心碧玉漾秋波，
禅墨抒怀咏采荷。
最喜轻风摇月影，
清姿野岭水云歌。

（2012.12.18）

清平世界依然固

谬论谣言末日惊，
世间万物照常行。
澄怀淡定云水善，
日月清平大道明。

(2012.12.22冬至后一日)

2013年感赋二首

其一

新年伊始灿金阳，
艺事平添翰墨香。
铸就辉煌书画梦，
红梅绿蕾吻兰芳。

其二

窗外寒光锦绣阳，
新元纪日送吉祥。
朋真友切心中记，
浩然清气一梦长。

调寄苏湘先生五十诞辰

苏醒鸿儒道谊深，
潇湘竹影绿苔痕。
谁知天命争新艳，
谈笑春山虎啸沉。

（2013.1.17）

有感金陵三家书画展

其一

东莞金陵一线牵，
三家水墨雅群贤。
青山生韵花香妙，
英气抒怀友谊坚。

其二

千里路遥不畏艰，
传播文化勇当先。
金陵笔墨春秋韵，
惹动藏家众妙传。

（2013.1.29）

游井冈山感赋

其一

夙愿积年上井冈，
风尘千里灿红阳。
蒙蒙翠黛幽坪地，
点点灯笼醉晚妆。

其二

血染红旗震宇寰，
萦魂叠岫井冈山。
苍松翠竹祭先烈，
风雨兼程渡雄关。

其三

晚风拂月客宾朋，
战友相邀杯酒澄。
挥写三雄凭气韵，
诗书画意众声称。

（2013.1.31）

题宜春天沐温泉

温泉浴液富硒流，
瀑布群飞放眼收。
天沐神姿溪伴月，
舒心体悟画中留。

（2013.2.1）

除夕抒怀

祈福除夕夜，
洪钟叩寿疆。
民安鸿运至，
国泰瑞门祥。
守岁值春晚，
子时第一香。
吟诗书万象，
泼墨写篇章。

（2013.2.9）

新春寄语

其一

银蛇贺岁灿金阳，
荟萃群贤翰墨昌。
快乐健康求发展，
双馨德艺再辉煌。

其二

瑞雪丰门积，
闲阳照景深。
围炉思往事，
遥举贺言箴。

其三

银蛇吐信祥云彩，
日月同辉万象开。
着意人间情大爱，
躬身保佑福飞来。

（2013.2.10正月初一）

七律· 癸巳感赋

金龙腾雾乘云去，
贺岁银蛇报吉安。
万种风情随曲到，
千般新韵不轻弹。
祝君鸿运魁星照，
恭友安康乐自闲。
莫道时光如月逝，
欣逢盛世纵情欢。

（2013.2.10）

画展联一副

澄怀若水，寒江独钓一轮月；
胸纳百川，意写双雄千里程。

题雪佛兰汽车

云飘尘落舞银装，
浏览车城好景长。
雪兆佛兰兰子定，
家门集瑞报安康。

（2013.2.19）

2月18日，天降小雨，吾与妻儿到大明路汽车城选购汽车，进入一家雪佛兰汽车店，基本看中一款车，决定次日再定购。19日晨，看到窗外白雪茫茫，一派银装素裹。正是兰子踏雪购雪佛兰，世间有缘终结佛缘。

秦淮灯火十五明

水韵秦淮不夜晖，
霓虹放彩惹春归。
十里银光多壮美，
物换星移墨韵飞。

（2013.2.24）

元宵节感赋

十五月光明，
悠闲享太平。
清谈天下士，
翰墨韵豪情。

（2013.2.24）

游泰国感言

一、所见所言

泰国风光别样情，
歌厅寺庙并排行。
东街香火烟缭绕，
西巷人妖艳舞迎。

二、观景感赋

朝拜皇宫玉佛瞻，
象村水上摆商摊。
丛林骑象东芭舞，
戏水金沙岛景观。

三、**夜游湄南河**

湄南河畔塔亭飞，
五色虹楼梦境归。
歌舞升平游客醉，
浪花溅起湿人衣。

四、**登东方公主号游轮**

霓虹飞舞耀天明，
美女翩翩惹客倾。
对酒当歌怜命短，
铅华洗尽醉生平。

（2013.3.1）

新加坡所见感赋

一

暑风绿影碧蓝天，
水映层楼浪击舷。
鱼尾狮旁留我照，
林间筑顶隐榴莲。

二

古树葱茏越百年，
滋生花草满枝缠。
遮阳绿道招人爱，
汲取新晨处处鲜。

三

摩天大厦层层立，
望断群峰隐若星。
忽有飞云倾阵雨，
狮城荡净绿蓝青。

（2013.3.3）

新加坡文化交流感赋

挥写唐诗续古贤，
交流书画手双牵。
狮城翰墨传情谊，
椽笔飞云留锦篇。

(2013.3.3)

马来西亚印象

一

绿山碧水映蓝天，
棕榈成行望眼穿。
几代华裔艰创业，
气雄云顶锁坤乾。

二

云顶高端赌场雄，
风骚独领占苍穹。
茫茫人海拼情趣，
一夜贫穷富贵中。

三

郑和渡海下南洋，
三保庙堂祭拜长。
华夏子孙魂异地，
青山墓塚魄他乡。

（2013.3.5）

砚边散记

霓舞云歌碧，
梦穿洗玉兰。
春华多潜意，
秋韵藉心安。
淡墨何时醉，
瑶台几阙欢。
翘氤花落去，
游纸倦衣寒。

（2013.3.12）

游禄口铜山

竹浪松风碧水渊，
峰峦秀出九重天。
踏青雅客频频至，
山野炊烟美味鲜。

（2013.5.16）

风鸣歆雨

清风沐雨兆祥云，
月近端阳瑞气歆。
星灿门庭鸣凤雨，
春华秋实道酬勤。

2013年6月7日10点48分（农历癸巳年四月二十九日巳时），喜得孙女，双亲阖家欣喜倍至，时值天降瑞雨，故取名方歆雨，乳名乐乐。意为雨露滋润，欣喜吉祥，快乐安康。

歆雨的爸爸妈妈和外婆为其取乳名乐乐，寓意快乐成长。乐乐出生后，双亲长辈各自在家为乐乐起大名，其太公为重外孙女起名方欣雨，其爷爷为孙女起名方歆雨。“欣”、“歆”字异音同，意也相同，此乃天意也。乐乐之幸之福矣。

今年是癸巳年，属相为蛇，即小龙。龙游沧海，得水成蛟。水从云下，乃雨也。《荀子》曰：“积土成山，风雨兴焉。”南朝梁·简文帝《上大法颂表》曰：“泽雨无偏，心田受润。”三国魏·王粲《赠蔡子笃》曰：“风流云散，一别如雨。”

歆，其本意为喜爱，羡慕；悦服，欣喜。歆字属于音字族，音字族汉字都与“声响”之义有关。朱熹集传：“歆，欲之动也。”《国语·周语下》曰：“以言德于民，民歆而德之，则归心焉。”《国语·楚语上》曰：“若易中下，楚必歆之。”《诗·大雅·皇矣》曰：“无然歆羡。”

歆雨，卦相为兴顺之势，即六亲和睦，身心健康，幸福美满，事业有成，歆雨心想事成。

歆雨满月感赋

天祥甘露生歆雨，
月满云龙雨露滋。
瑞气临门添喜乐，
杯酒开怀贺令辞。

2013年7月6日是孙女方歆雨（乐乐）满月之日。乐乐从外婆家挪至爷爷奶奶家，俗称“挪窝”。这天，天公又降祥雨，歆雨伴着雨声满月了。歆雨与雨有缘，雨润万物，茁壮成长。双亲阖家沉浸在喜悦之中，大家把酒言欢，共祝歆雨快乐成长，共祝全家幸福安康，万事如意。

端午感赋

又闻艾叶粽飘香，
端午临中照夏阳。
榴月花烘邀美酒，
新丝五色瑞歆芳。

（2013.6.12）

为海门蛎岈山国家海洋公园创意策划感赋

一、海洋第一文化园

张謇神仪撼风雄，
士贤典故满园中。
亭台静赏诗书画，
榭阁欣观旭日东。
举步柳堤涛拍岸，
舒心翠竹凤鸣宫。
披霞踏浪寻岈蛎，
夕照银滩戏水融。

二、**巨龙浮海第一桥**

碧水银滩一望收，
巨龙浮海斥方遒。
丹阳夕照金涛涌，
天堑神通造化讴。

三、**海市蜃楼第一景**

牡蛎积堆越万年，
落潮似岛似山川。
涨潮隐入深礁处，
海市蜃楼醉客贤。

四、**张謇垦牧第一园**

围海逐浪造桑田，
垦荒万亩謇公贤。
古木新绿繁华景，
镌石诗书文化园。

五、**蛎岈海鲜第一街**

漫步长街十里鲜，
百鱼海宴醉神仙。
蟹螺牡蛎垂涎诱，
清享龙宫万寿筵。

（2013.6.26）

巢湖笔会为朱登海先生作双雄图题诗一首

意笔双雄瑞墨新，
穆风雅趣写精神。
虚怀最是舒心处，
偶得斯图情义珍。

（2013.7.5）

为董昭礼先生作雄鹰图

禅墨情怀逸，
清风着意开。
不随流俗转，
鹏自远方来。

（2013.7.5）

砚边叙怀

玉碧双馨剔透莹，
景和燕舞瀚风铭。
相传孺子云深处，
乐享清虚入汉庭。

（2013.7.30）

砚边抒怀

着意青光醉洛神，
红晨晓月入云深。
抒怀最是诗情梦，
凭借经年积蓄珍。

（2013.8.1）

八一抒怀

八一军旗扬国威，
三军决胜耀光辉。
眈眈小鬼侵华夏，
横扫敌顽不叫回。

（2013.8.1）

一实斋感赋

轻抚梅影伴歌吟，
书写桃园言语箴。
挥翰听涛生雅韵，
清雄浩气逸情深。

（2013.8.4）

合肥战友重逢

浮云淡月忆龙湾，
三十余秋一梦间。
心底春华留倩影，
军号声声悦耳还。

（2013.8.12）

奉和朱时潮先生《八十抒怀》

厚德善行映玉光，
晚霞晖似露朝阳。
育英杏苑输心血，
化雨桃园染鬓霜。
寄托诗坛歌晚景，
钟情文墨颂群芳。
由来雅趣邀天乐，
引得欢声祝寿康。

（2013.9.5）

游淮南八公山感赋

一

淮山凭借八公名，
得道升天梦客惊。
身与先贤留倩影，
故人久立叹苍生。

二

八公造势悟机禅，
传得琼浆醉入眠。
百沸汤中滋味绝，
不如战友谊情牵。

（2013.9.16）

题淮南中国豆腐文化节

风猎红旗紫气辉，
皖淮花鼓舞灯飞。
汉情唐韵烟霞梦，
溢彩流光故月归。

2013年9月15日，余应淮南市政府邀请，携夫人出席淮南市“第二十届中国豆腐文化节”开幕式，并为“中国豆腐文化节”题赠书法作品。期间应多家单位邀请出席庆典和书画创作活动。

七律·题苏尔《月下论道图》

一轮明月论清闲，
祝福一声送古贤。
秋影皎皎言肺语，
桂花淡淡醉心田。
笔锋触处文思玉，
雁足带来韵自鲜。
翰墨澄怀何处染，
丹青意象几回宣。

2013年9月21日，中秋后两日，正是丹桂飘香，同道挚友相聚一实斋，品茗作画，情畅心怀。苏尔兄即兴作月下论道图，时王强夫妇在旁，兰子嘱吾题跋，故作七律一首并题之。

五人画展感赋

画展淮安庆瑞祥，
伟人故里墨飘香。
清贤雅士多称赞，
水韵丹青正气扬。

2013年9月29日，“吕振林、方军、苏尔、王强、陈援建水墨艺术展”在淮安周恩来纪念馆西花厅隆重开幕。展览正值国庆期间，每天观众如潮，赞声不绝。

感赋淮安

西街十里景繁华，
东巷门庭挂彩花。
商贾云集迎闹市，
轻歌曼舞乐民家。

（2013.10.1）

周恩来纪念馆

一

水映金阳浩气辉，
风摇岸柳舞丝飞。
善男善女追寻梦，
敬仰周公大道为。

二

馆映柳丝挂金丹，
秋风湖色境如烟。
寒窗孺子承先志，
只敬周公一大贤。

（2013.10.2）

参观周恩来故居

庭院古朴隐巷间，
忧思旧榻往事艰。
观音柳寿迎宾客，
默诵心经颂大贤。

（2013.10.3）

吴承恩故居偶成

金秋丹桂秀淮安，
旷代文豪撰奇篇。
妙趣西游追梦境，
悟我人生万象烟。

（2013.10.3）

淮安府署感赋

青砖黛瓦殿堂幽，
庭院深深史迹留。
惊振案头三尺木，
冤魂多少梦中囚。

（2013.10.3）

游河下古镇

溪碧沿门柳映窗，
斜阳已近渐西凉。
人家四面皆依水，
商铺临街论短长。

（2013.10.4）

寄意抒怀

万象觉源本自开，
春风化境入仙台。
瑶池如画寻芳蕾，
墨韵全收醉欲来。

（2013.10.12）

题秋韵图

碧玉亭亭隐暗香，
清虚妙入醉群芳。
全然不顾秋光艳，
红蕾风摇好景长。

（2013.11.9）

巢湖抒怀

寒风凋谢霜叶红，
写意丹青寄远怀。
岁暮阴阳催短景，
人间便是好时节。

（2013.12.22）

砚边散记二首

其一

笔随墨影道勤酬，
夜半寒霜月色羞。
最喜琼花呈凤彩，
丹红化蝶尽情讴。

其二

风姿独韵弄清幽，
妙趣倾情任性游。
笔恋春华秋月夜，
丹青何日伴君俦。

（2013.12.30）

无为而治真君子；若水澄怀上善心。

（题无为艺术馆联）

桃鲜秀色仙容美；蜜味诱人醉客闲。

（题无锡陈家桃园联）

新年寄语

一三灿烂耀门庭，
一四平安万事赢。
神马腾云祥瑞至，
亲朋挚友好心情。

（2014年元旦）

题赠吕振林将军一首

振作精神翰墨挥，
林峰翠岫夕阳晖。
轻吟雅句随心意，
老骥奋蹄壮志威。

（2014.1.3）

步《题画诗》一首

静夜倾听好韵声，
花开有落季时生。
丹青慧智摇清羽，
妙遇知音翰墨情。

（2014.1.12）

砚边抒怀

澄怀若梦喜新怡，
诗引才贤笔墨奇。
玉碧琼浆添大雅，
亲和孺子最时宜。

（2014.1.25）

神马献瑞迎春到

一

金耀青骢碧玉鞍，
长鞭驰骋普天丹。
一声嘶断风花落，
十里扬威大业宽。

二

乘风骏马纪新晖，
大业宏图壮国威。
伏枥犹存千里志，
鸿鹄更上九重飞。

三

春新门载福，

志远马扬蹄。

长啸阳关道，

风摇十里堤。

（2014.1.31）

金猴献寿书法题诗

金猴献寿兆丰年，

百态神姿气势坚。

艺海扬帆贤士聚，

清茗共品醉群仙。

（2014.2.10）

和《琴怨》原玉

月映溪光淡淡清，

弦音缕缕伴君听。

瑶台倾写心中语，

相许无因菡萏英。

（2014.3.12）

中国将军金陵书画院无锡采风感赋

阳山十里桃花艳，
荡舟青峦碧水间。
小岛飘香贤客至，
将军翰墨写清闲。

（2014.3.30）

清明祭祖

清明时节柳丝飘，
风穆菊黄韵自娇。
祭祖归来亲故土，
乡贤雅士话居巢。

（2014.4.5）

题《三雄图》

提毫写意起三雄，
入境清阴舒浩穹。
焕发春光情尽染，
丹心墨韵最殊荣。

（2014.4.6）

题《雄风图》

长虹鹰击破苍穹，
勃起雄风逐碧空。
舒展情怀长夜梦，
春光不与旧时同。

（2014.4.6）

砚边抒怀

碧玉双馨妙处晖，
含苞花蕾逸芳菲。
精华汲取清虚境，
怡韵天然昨日非。

（2014.4.9）

砚边散记

清姿玉影艳阳斜，
意笔丹青妙趣嘉。
啄句遣词才艺显，
琼花洁傲映朝霞。

（2014.4.10）

南京绿色青奥盛典

青奥精神华夏兴，
健康绿色耀金陵。
胸罗夺冠中国梦，
捧杯孰具傲苍鹏。

（2014.4.12）

砚边散记

追风吻雨逸情怀，
空妙相思翰墨斋。
夜梦时常摇碧缕，
窗前祈盼琼花开。

（2014.5.8）

夕照桃花潭

隔岸余晖影榭楼，
残阳夕照醉人游。
许风拂面桃花渡，
情系泾川翰墨收。

（2014.5.11）

游渣济

徽韵流芳泾水纯，
惹来商客论秋春。
画坛学子写生地，
只盼风清古韵存。

（2014.5.11）

记事抒怀

花蕾迎春着意开，
娇姿仪态逸情怀。
清虚落笔传神处，
尽性挥毫妙趣来。

（2014.5.15）

岁月抒怀

起舞云歌碧，
一汪洗砚闲。
春华恭岁月，
秋韵慰心安。
禅墨何时醉，
诗词几阙欢。
舒怀随性至，
空纸妙清玄。

（2014.5.23）

砚边感赋

锁金啄玉写丹青，
妙入苍穹隐汉庭。
天道光阴酬岁月，
临风精气夺翰星。

（2014.5.23）

砚边散记

竖笔三雄尽性抒，
苍穹玉碧写形殊。
一汪菡萏清虚处，
倾情妙趣忆玄湖。

（2014.5.23）

砚边抒怀

春华逸趣写天真，
乐享清阴笔墨珍。
不必平时常论短，
金盆菡萏醉仙神。

（2014.5.28）

鹰派雄姿

鹰派雄姿翰墨书，
弘扬正气斗顽狐。
清风浩荡神威在，
横扫阴霾小鬼除。

（2014.5.29）

论画感言

一

水墨澄怀意韵珍，
当随时代续传承。
古今道法天然趣，
开拓创新十里风。

二

画者心摹立意先，
思维卓见学知艰。
诗词文赋多博智，
作品方能后世传。

三

不学书法难成画，
粗浅线条似乱麻。
提按用锋全不顾，
死勾皴擦已偏差。

四

不看名头看笔头，
诗书万象趣中收。
村夫逸品惊人世，
数笔寥寥千古留。

五

功夫画外勤为径，
释道易儒贯古今。
辞赋史哲通要义，
如神下笔写真情。

（2014.5.31）

中秋抒怀二首

一

中秋月满映华章，
梅隐花琼桂暗香。
别梦徽乡凭彩墨，
清风着意荟群芳。

二

明月清风丹桂香，
雨飘秋色染金芳。
诗书着意胸怀志，
彩墨祝君幸福长。

（2014.9.8）

砚边散记

风摇花蕾落泉台，
翼展天苍六翮开。
一品陶情生妙趣，
墨梅三弄伴君怀。

（2014.9.20）

步《秋怨》一首

品茗青绿雅情怀，
心静无瑕五彩开。
对砚常吟追翰墨，
一袭妙境念琼台。

（2014.9.23）

吟秋

遥望琼台对影思，
秋香妙趣染襟衣。
双栖空谷鸣心语，
月满花娇更足奇。

（2014.9.26）

题画诗一首

君望琼台入梦长，
清虚墨染好时光。
心随笔势添神韵，
瘦石临风日渐凉。

（2014.12.10）

砚边抒怀

寒风猎猎浸窗纱，
临帖读书度年华。
相问砚边多少事，
难寻诗画去谁家。

（2014.12.12）

题首个南京大屠杀死难者公祭日

警报长鸣昊空回，
金陵万巷悼魂归。
全民痛斥屠城债，
雪耻中华壮国威。

（2014.12.13）

砚边记事

三雄搏击度春山，
对月抒怀雅趣添。
若水清阴奇妙处，
琼觞樽酒饮心泉。

（2014.12.20）

元旦感赋

名家雅聚话新年，
水墨情怀艺海缘。
共创鸿图成大业，
德才兼备树良贤。

（2015.1.1）

采风八卦洲

寒阳乍暖沐风摇，
远眺江流帆影飘。
烟笼高楼云隐月，
可知新岁又添娇。

（2015.1.2）

中国水墨艺术研究院成立致贺

群贤雅聚谱新章，
水墨情怀兆吉祥。
着意丹青生气韵，
满堂红彩喜洋洋。

（2015.1.9）

题画跋语

峰峦立壁万重山，
挥翰邀来视等闲。
蓄罩含烟松万壑，
悬泉落碧降奇间。

（2015.1.21）

开年头场雪

开年初雪润无声，
入韵陶情笔墨珍。
碧水银波流妙处，
相思竟夕拂新尘。

（2015.1.27）

羊年感赋

风动春花香暗衾，
浮云冷月映衣襟。
凭栏弄墨丹青赋，
一缕暮阳几度吟。

（2015.2.19）

贺新年

三羊送吉瑞，
吕祖散天花。
临槛朝阳媚，
倚栏满月霞。
云移呈异彩，
风动放光华。
鹏展开新境，
神威镇恶邪。

（2015.2.19）

正月初五

风回云断雨初晴，
几度苍穹暖复明。
开合舒怀呈妙境，
去疾辉发绿烟生。

（2015.2.23）

论诗律

遵规守律乃方圆，
诗韵无存是枉然。
仄仄平平平仄仄，
世间万物有因原。

（2015.2.23）

元宵节

今宵圆月人依旧，
岁月轮回看九秋。
满腹真情连袖舞，
花灯如意化新愁。

（2015.3.5）

砚边散记

诗情雅趣逸芳菲，
一实堂前墨韵晖。
茂秀天然呈异彩，
清虚陶醉入罗帏。

（2015.3.19）

游歙县所见

车行绿影间，
客隐水云闲。
房舍依山筑，
溪流阶石前。

（2015.3.28）

七上黄山感赋

一

遥看青峰奋力攀，
石阶曲径隐林间。
客居北海白云伴，
对饮笑谈心自安。

二

春雨随心润物飘，
飞云舞动断峰腰。
忽明忽暗山峦出，
疑是蓬莱水墨娇。

三

秀峰隐去断云飞，
雨落徽乡若梦归。
大化丹青呈异彩，
天然水墨有玄机。

四

三友随风赏景观，
攀阶越级峡谷间。
云移松影苍崖壁。
雨湿衣衫仍向前。

2015年3月26日至31日，余与王强、阎志祥老师，应好友黎寿国邀请到黄山采风笔会，期间再上黄山览胜，多有感慨。

黄山抒怀

秀峰忽隐逝春芳，
叹惜年华誉锦章。
遥想龙山同祈祷，
只留徽墨伴清香。

（2015.3.31）

采桑子·水墨情怀

一汪秋水深情锁，水墨情怀。水墨情怀，唯有新毫染翰斋。

烟波满腹凭栏锁，挥洒如来。挥洒如来，得意丹青伴月开。

（2015.4.2）

清明扫墓

雨润清明寒气围，
八方游子故乡归。
酬亲祭祖心怀释，
今古遗风昨日非。

（2015.4.4）

砚边散记

四月熏风柳絮飘，
洛神咏赋最逍遥。
衔泥春燕新巢筑，
境入清虚分外娇。

（2015.4.23）

清平乐·丹青意象

澄怀云淡，水墨情无限。倾力丹青终不怨，万水千山踏遍。

画坛勇越高端，诗书古韵风旋。汉魏晋唐典范，禅心释易觉源。

（2015.4.26）

品茗寄语

野泉烟火白云间，
坐饮香茶爱此闲。
溪下维舟不忍去，
秦淮流水暮潺潺。

（2015.4.28）

水调歌头·五月江南

五月如诗咏，抚媚享清闲。翩然轻步缠绻，思绪酿经年。古韵随风独去，唯见琼楼灿烂，影入水云间。欲醉魂痴面，花绽一时鲜。

倚栏望，彩虹闪，照宇寰。一曲激情璀璨，舒缓逸神仙。更有潺潺溪水，沐浴心田洁素，昊空碧如蓝。千里云追月，五月丽江南。

（2015.5.5）

七律·贺江公宝全先生七十华诞

岁临七十任从容，
九域文崇大智聪。
歌吟骏业千秋美，
啸起长江八斗雄。
风清永日群贤仰，
鸿儒终宵万虑空。
怀抱乾坤无悔怨，
子孙陪度夕阳红。

（2015.5.18）

砚边散记

轻茗酌饮享悠闲，
扶笔听蝉静自安。
伏暑浮华随性去，
只留清气在心间。

（2015.8.3）

立秋抒怀二首

一

立秋时节雨飘窗，
消暑陶然疏果香。
皎洁冰溶情似水，
清姿卓韵漾芬芳。

二

对饮酌茗淡墨新，
茂然景秀醉秋春。
由来雅兴同君惯，
日落西窗玉韵珍。

（2015.8.8）

七律·抗日战争胜利70周年感赋

八年抗战志惊天，
敌忾同仇寇帜搴。
跃马横刀驱虎豹，
挥戈擐甲靖硝烟。
巍巍铁壁凝心力，
猎猎云麾斩倭先。
岁月峥嵘烽火逝，
中华耻辱患灾蠲。

（2015.8.15）

悼岳母亲大人

一

天临甘露显金丹，
亲友宾朋悼母贤。
绿影灵山仙气罩，
慈祥和善印心间。

二

厚德善行孝忠肠，
慈祥俭朴兴家邦。
相夫教子皆成业，
西去安然佑佛光。

（2015.9.1）

2015年8月28日夜岳母亲仙逝，举家悲痛，妻淑兰嘱予赋诗悼念，故作诗二首永远怀念。

胜利日大阅兵

威武雄师震八方，
英姿豪气美名扬。
尖端利器频频亮，
捍卫和平守国防。

（2015.9.3）

采桑子·秋荷

一池菡萏舒芳艳，风起云移。月隐光奇，水雾蒙蒙娇韵宜。

玉盘倔挺浮华憾，秀色神怡。趋步虚迷，孕育重生绝世姿。

（2015.9.19）

采桑子·秋韵

风和雅韵陶然性，绿水并蒂。对影时宜，入境青阴挥翰奇。

儒毫淡墨浮云去，羞色亲怡。日出姿迷，勃起三雄意趣知。

（2015.9.20）

忆江南·怀秋

声自远，落叶满身旁。阵阵西风多彩树，金枝舞动映残阳，秋隐秀琼芳。

（2015.10.8）

念奴娇·大鹏感赋

长空浩荡，问苍茫、千古沉浮跌涨。俯瞰洪荒呼宇宙，翼举长云直上。一水横陈，三山快视，一搏争豪放。时乘海气，怀宏其远游畅。

凄怆源于神威，惧怕何谁，龙卷凌空响。凭却江山行万里，漫向九天鸣唱。气汉冲霄，不须反顾，黑影青云壮。鹏乎伟哉，鸿图大业开创！

（2015.10.8）

水调歌头·巡展感赋

翰墨抒怀志，踏遍万重山，巡展大江南北，此举振瀛寰。到处友朋相助，更有名家点赞，道法自天然。水韵山川影，挥写入云端。

路遥远，辛酸苦，乐其间。一十五年巡展，历历在眼前。唯有诗情画意，印在心中灼见，载誉金陵还。艺术无止尽，只有勇登攀。

（2015.11）

题画鹰诗稿

咏鹰诗102首

（一）

天生劲羽志高垓，
风动闲云赤子怀。
激荡苍穹观四海，
昂扬气概为君开。

（二）

独立空山态若神，
展开眼界向昆仑。
曾惊秋肃临天下，
敢遣春温笔上珍。

（三）

襟怀沧海玄飙落，
足踏祥云啸啸来。
气贯长虹天地外，
苍松为伴逸情开。

（四）

生平怀直道，
义重泰山轻。
落日天长远，
登高赋客情。

（五）

义气凌秋日，
高怀视等闲。
鲲鹏飞万里，
椿寿九千年。

（六）

每向苍天追大雅，
狂胪文献耗中秋。
九霄直上青云破，
横击长空万里游。

（七）

笔阵雄风起，
雷鸣两岸驰。
草枯鹰眼疾，
大化显神奇。

（八）

迎风劲展垂天翼，
尽越苍茫万仞山。
胸胆横空一径往，
雄鹰眸里入秋帆。

（九）

胸中磅礴天风动，
笔底空灵肺腑言。
独立苍茫穷尽目，
横征万仞莫生难。

（十）

翼下山川绕紫烟，
胸中桑梓动灵园。
六朝如梦春秋在，
不绝箫声和韵闲。

（十一）

凌云浩气满乾坤，
昂首驱邪不见尘。
晨起苍雄争奋进，
但凭朝露长精神。

（十二）

挥毫击鬼扫残余，
仗剑裁云志气抒。
千古风流平不去，
毕生大业起鸿图。

（十三）

啸月吟风栩栩生，
毫端属意展红尘。
醉时飞笔忘归去，
笑向宇寰写态真。

（十四）

笔底烟云妙意含，
平生历尽苦酸甜。
苍天志壮豪情在，
更赋新诗不畏难。

（十五）

长风鸣野羽，
秋影数归鸿。
高浪凌沧海，
疏林振远空。

（十六）

九秋排劲翮，
八极试争春。
大野豪情在，
盈怀江上风。

（十七）

高秋星汉影，
栩栩有雄姿。
素抱凌云志，
平生一实知。

（十八）

青阴霄汉上，
笔墨自称奇。
露气松窗静，
秋光月影移。

（十九）

云间迷树影，
雾里失峰形。
注目青天外，
山中自有情。

（二十）

振翼舒怀起劲风，
神威凛凛傲苍穹。
殊姿独立飞天泪，
古曲虬凝众不同。

（二十一）

振羽腾飞上九霄，
星眸未放拭秋毫。
苍雄厉爪磨锋出，
击鬼横天一代骄。

（二十二）

双栖空谷瀑倾声，
顾盼非常亦有情。
天际白云闲弄巧，
苍松翠岫月华清。

（二十三）

青山峰耸入云端，
不向天都尽至尊。
且任空山风雨净，
扶摇直上掠昆仑。

（二十四）

碧藓苍崖隐隐啼，
谁家笔墨妙称奇。
天成自趣灵灵现，
一榻闲云径静移。

（二十五）

俱怀逸兴壮思飞，
雄视寰中气更威。
搏击长空行万里，
云横怒翼啸声归。

（二十六）

挥毫泼墨写三春，
寄意陶情净俗尘。
振翼昂扬歌盛世，
无私有品自通神。

（二十七）

跃跃挥洒满纸风，
神形意动傲苍穹。
妙得古法天成趣，
师化平常竟自通。

（二十八）

世上千秋我纵观，
莫将俗眼看能贤。
人生几度凌云志，
笑向昆仑上九天。

（二十九）

半山后隐写鹰狂，
挥翰如神墨韵扬。
立传丹青添雅趣，
诗书画意亦寻常。

（三十）

雄姿傲视尽苍然，
应兆平生铁骨寒。
素影不分明月照，
春风独占暗香妍。

（三十一）

展翅鼓长风，
神威铁骨雄。
八荒尘入眼，
万里傲苍穹。

（三十二）

鸿运当头照，
高怀视等闲。
毫端追大雅，
诗酒引先贤。

（三十三）

豪气天临大野间，
孤云独去逸清闲。
春风醉月闻香久，
志在凌云万壑山。

（三十四）

雄姿千里邈苍荒，
横翥垂天翳景阳。
海若躨跜鳌却走，
天吴怵栗警称狂。

（三十五）

日耀苍苍邈北荒，
奔飙傍击鼓驱长。
启途块视千山动，
万里怀观六翮张。

（三十六）

仙风道骨八极游，
浩荡奇言谋计猷。
逸翰衔光烛照物，
施鞭神应忽腾州。

（三十七）

临风昂首回眸望，
凛凛神威紫气东。
啸对苍松观日出，
白云飞处展雄风。

（三十八）

青云逸气亘层霄，
寄语鸺鹠莫自嘲。
倚石静听松子落，
流觞遥想月光骄。

（三十九）

几度春山野岭秋，
清贫淡逸任无忧。
但凭豪气冲霄汉，
素魄青魂浩志酬。

（四十）

神游四海邈天苍，
鲲化天鹏怒翼张。
崛起三千盘地动，
击鞭邪恶守吉祥。

（四十一）

秋声有韵胜春回，
野岭无心红叶飞。
醉赏烟霞鸢不语，
逍遥几度未知归。

（四十二）

意笔双雄栩栩生，
吟风啸傲长精神。
天歌一曲抒胸臆，
不染红尘翰墨珍。

（四十三）

虬龙蟠处紫霞中，
一片灵光拂翠松。
天半苍雄战风雨，
鸿图大展志凌空。

（四十四）

高瞻独立对空蒙，
天地风云入望中。
英视苍茫如猛士，
昂扬气概斗顽雄。

（四十五）

英雄熠熠照青辉，
六翮生云振翼催。
气杀草枯增奋进，
图南几度化鹏追。

（四十六）

英姿昂首回眸望，
凛凛威风浩志酬。
日耀苍苍祥大业，
青云豪气忽腾州。

（四十七）

雄姿千里邈苍荒，
众志成城击鼓长。
大爱无疆酬浩志，
青山着意映朝阳。

（四十八）

低垂新绿影离离，
倚石临风一两枝。
幸有贤君知此意，
半山岭上雨丝丝。

（四十九）

随风潜入沐清泉，
笔下双雄吉顺天。
唯有莲荷生妙境，
卷舒开合任安然。

（五十）

浩气天临大野间，
英雄独去逸清闲。
秋风醉菊闻香妙，
自有凌霄万里关。

（五十一）

一轮寒月孤山夜，
照见平生铁石心。
到处随缘方外境，
冰凝素艳两枝新。

（五十二）

屹立苍崖紫气来，
三雄昂首望天台。
虬枝红叶题诗句，
着意挥毫翰墨斋。

（五十三）

重九登高气爽凉，
群雄舞动邈天苍。
凌云浩志惊魂梦，
洗尽铅华逸兴扬。

（五十四）

流光月影尽苍茫，
栩栩如生击鼓长。
放眼宇寰天路远，
青峦玉带拂银装。

（五十五）

鸿蒙自在胸，
振羽九云松。
秋气成豪壮，
依依斜影峰。

（五十六）

独对苍松立壁崖，
泰然自若入云霞。
移情不写春山树，
只作披星戴月花。

（五十七）

疏影横斜日渐苍，
高枝栖歇寄春光。
青红满目橙黄色，
风雨欲来暗自香。

（五十八）

青山欲挽等闲云，
无限风华烂似氲。
寄语乾坤多壮志，
开怀着意逸情芬。

（五十九）

漫对石崖破笔皴，
鸣泉响壁岫云春。
朝霞彩映苍松立，
荟萃英雄精气神。

（六十）

登峰看秀色，
虹染现奇文。
盛世祥光照，
和谐日月耕。

（六十一）

彩云涌动起苍雄，
倚石临风浩志鸿。
回望青山屏绿水，
精钟灵气意无中。

（六十二）

峰峦立壁几重山，
挥翰邀来视等闲。
蓄罩含烟松万壑，
苍雄落碧降奇间。

（六十三）

琴韵邀云雪，
笛声入梦霜。
幽情书远岫，
逸趣画寒阳。

（六十四）

清虚入韵醉心花，
朝暮情怀倩影斜。
浩浩雄姿生妙境，
临风啸傲映朝霞。

（六十五）

高怀独立起昂扬，
腕底精华翰墨张。
意笔三雄尽性染，
松风作伴咏金阳。

（六十六）

一生潇洒鸟中王，
雷电轰鸣更激昂。
五岳三山垂翼下，
狂风呼啸自清凉。

（六十七）

拙笔清雄妙趣珍，
随形写意尚精神。
敲词啄句题书法，
文雅袭人万象春。

（六十八）

大展鸿图盛业开，
风云搏击聚贤才。
青山着意朝霞映，
时运当头吉瑞来。

（六十九）

银装素裹傲寒霜，
畏冷舒怀化紫光。
疏影横斜明月照，
凌云有志鸟中王。

（七十）

挥翰三雄笔墨珍，
橙红紫绿写天真。
等闲识得清风面，
意写殊形尽俗尘。

（七十一）

八荒六野入云烟，
碧涌清泉泻大川。
高处险峰常出现，
虬枝跌宕沐天然。

（七十二）

墨韵新开雅趣香，
赏梅如意放歌长。
双栖拥合春秋曲，
不尽清流入梦凉。

（七十三）

意写双栖鼓翅长，
苍松依伴隐清香。
穿云破雾如神剑，
慧眼俊容映紫阳。

（七十四）

秋红霜月醉心花，
最爱苍雄搏彩霞。
抖擞精神无惧畏，
与时俱进展风华。

（七十五）

群英荟萃展鸿图，
一派春光万里舒。
妙境天然添雅趣，
丹青不俗异形殊。

（七十六）

兴来笔下妙然生，
得意神姿若有情。
天上人间轻曼舞，
松风翠岫月华清。

（七十七）

野岭松风破，
山峰对月诗。
纵横龙影翠，
浩气荡虬枝。

（七十八）

秋风醉菊逸情怀，
映照心花彩墨开。
素练英姿明本色，
不同与众展雄才。

（七十九）

意笔双雄瑞墨新，
穆风雅趣写精神。
虚怀最是舒心处，
偶得斯图情义珍。

（八十）

常在险峰巅，
浑身是斗胆。
浩然显本性，
铮骨气豪坚。

（八十一）

轻抚禅墨伴歌吟，
意写鸿图言语箴。
数笔寥寥生雅韵，
清雄浩气逸情深。

（八十二）

目览天山万壑间，
博峰作伴起云烟。
浩空忽有群鹰至，
呼啸盘旋尽兴欢。

（八十三）

意写苍雄雅趣珍，
填词赋彩写精神。
直抒胸臆吟诗韵，
道法天然万象春。

（八十四）

抚梅摇柳老枝桠，
笔底丹青放彩华。
洁傲天真开晚翠，
清姿骄影艳云霞。

（八十五）

清晨振羽耀人夸，
情逸朝阳影若斜。
竹翠潇湘花蝶舞，
金秋五福享年华。

（八十六）

飞转金眸万里霄，
轻舒劲翅顶风飘。
凌空浩荡神威在，
横扫鼠狐断鬼腰。

（八十七）

云移呈异彩，
风动见桑田。
黑影青霄破，
神威镇邪旋。

（八十八）

风回云断怒江涛，
突出苍雄壁仞高。
妖鸟草间皆击死，
已知两眼入秋毫。

（八十九）

挥洒自如乐趣间，
追寻梦境意苍然。
云开晴灿双栖影，
鸿皞舒怀抱日观。

（九十）

笔端隐约露锋频，
泼墨淋漓骤雨倾。
傲视苍茫欣咏颂，
白云翻卷共耕耘。

（九十一）

倚石双栖映紫阳，
山中不问隐苍茫。
骄姿入韵英雄志，
着意丹青妙趣张。

（九十二）

清虚雅韵写天真，
意趣娇姿翰墨春。
每向岭头舒望眼，
遥从天际出新陈。

（九十三）

梅开三度写春华，
淡墨轻毫染彩霞。
影俏依然寻自在，
英雄相伴邈枝鸦。

（九十四）

秋风跌宕写情怀，
着意心花墨韵开。
深蕴丹青描五彩，
尽抒笔底写英才。

（九十五）

春夏秋冬几度迁，
鸿俦燕侣寄情酣。
风摇翠竹窗前影，
忘却凡尘独自观。

（九十六）

穆风猎猎荡垂杨，
沐浴朝阳爱晚霜。
意写青山屏绿水，
心原方境自清凉。

（九十七）

淡墨澄怀妙趣珍，
畅怀无限紫云春。
挥毫意写丹霞艳，
境若幽香翰墨神。

（九十八）

鸿运当头抱日辉，
征程万里驾云归。
雄心不减舒怀志，
目览八荒舍我谁。

（九十九）

风情水韵送春归，
月见云移翼下垂。
笔舞花前清夜醉，
舒怀十里墨生辉。

（一百）

栩栩生威浩气扬，
英雄造就性逞强。
洋洋牧野飞天泪，
素练风霜万里翔。

（一零一）

孤烟大漠起英雄，
翼若云垂浩瀚穷。
旷野天清情尽染，
丹心墨韵最殊荣。

（一零二）

纵横四海破苍穹，
更向白云逐碧空。
威武气豪图万里，
从来不与旧时同。

附：论文散记（节选）

“一实斋”释义

“一实斋”是我研究书法、静心作画和撰文赋诗的工作室。

“一”乃专心一意。老子曰：“圣人抱一为天下式。”又曰：“道生一，一生二，二生三，三生万物。”《淮南子诠言训》载：“一也者，万物之本也，无敌之道也。”

“实”乃实事求是，真诚实在。汉班固曰：“修古好学，实事求是。”颜师古：“务得事实，每求真是也。”王充《论衡》曰：“知物由学，学之乃知。”毛泽东对这句古语的含义作了新释：“‘实事’就是客观存在着一切事物，‘是’就是客观事物的内部联系，即规律性，‘求’就是我们去研究”。

取“一实”为吾斋号，即：做事务实求真，脚踏实地，一步一个脚印；为人真诚实意，一寸丹心，一片赤诚，做事一心一意，不计得失，点燃自己照亮别人。为艺倾其全力，一往直前，一生不渝其志，不务浮名虚荣，不循规蹈矩。始终如一，一以贯之，一定不易，一举千里。以达一生二，二生三，三生万物之境界。

总之，实实在在地做好一件事，矢志不渝地做好一项学问，比空谈千言万语要管用。故“一实胜千言”。“一实”是吾座右铭，“一实”是吾做事、为人、从艺的准则和目标。“一实斋”乃吾陋室也。

2000年1月1日

于金陵半山园一实斋

“北溟堂”小记

“北溟”，语出庄子《逍遥游》，“北溟有鱼，其名为鲲。鲲之大，不知其几千里也，化为鸟，其名为鹏。鹏之背，不知其几千里也。背若泰山，翼若垂天之云，绝云气，负青天，然后图南，且适南溟也。”

“北溟堂”即吾观鹰、写鹰、画鹰、颂鹰

和研究鹰文化的堂号。这里墙上悬挂着水墨写意雄鹰，架上摆放着千姿百态雕塑鹰，书柜里布满了雄鹰资料书籍，画案上是垒垛盈尺的鹰画手稿，显赫处摆放着国宝级的大雕标本。

鹰是远古人类祖先给它起得最响亮、最荣耀的名字，是人们对它的崇敬。鹰是人类先祖的图腾之一，如希腊的宙斯之鹰、埃及的荷鲁斯、印度的迦楼逻、中国远古的大鹏、印第安人的太阳隼，在萨满的观念中，鹰是宇宙的创造者，是属于光明和生命之火的天神腾格里，雪域西藏有闻名世界的神鹰天葬。我国的鹰文化，源自《列子》记载炎黄大战，黄帝以雕、鹏、鹰、鸢为旗帜而取胜。

鹰的威猛、高贵、力量与自由，一直是许多民族、宗教与社会的崇拜，也是许多国家皇权、军事与实力的象征。当今世界以鹰作为国徽、国旗图案的国家有44个，如：美国、俄罗斯、德国、奥地利、波兰、西班牙、埃及、伊拉克、泰国、印度尼西亚、菲律宾、墨西哥、智利、哥伦比亚等。

鹰，天之骄子，地之精灵。它从地平线诞生，以矫健的身姿，直冲云霄。它纵横天地，以超群的才智，笑傲飞禽。它从天际，以到达的高度，俯瞰众生。它有着博大的力量，坚强的意志，豪迈的激情。它永不言败，蜕变再生，用生命的轮回，时刻呼唤着遭受挫折、身处逆境的人们再上征程。

我崇拜鹰在蓝天翱翔时的浪漫，在袭击猎物时的雄猛，在昂首回眸时的威严，在朝暮逸情时的甜美，在搏击长空时的气势，在登高望远时的睿智。鹰是圣洁的精灵，它是守护吉顺的象征，是光明幸福的象征，是力量复兴的象征，是战胜邪恶的象征，是英雄崇高的象征。

鹰是世界上寿命最长的鸟类，寿龄可达70岁。它在40岁时必须要抉择一次痛苦的重生，严峻的大自然给了它两种无一不是十分痛苦的选择：要么顺其自然地死去，要么经历一次历时五个月的痛苦蜕变。鹰以王者的智慧选择了后者，它以非凡的勇气奋力飞上更高的悬崖绝壁，筑巢栖息，进行漫长而痛苦的蜕变。这期间，鹰要忍痛用力将又长又弯的喙击打岩石，直至完全脱落，待新的喙长出后，再将趾甲一根一根拔出，新趾甲长出后，再将羽毛一片一片拔掉，待新的羽翼长出后，再以王者的身姿重飞蓝天，续走后30年的生命旅程。

鹰有力量之美，速度之美，雄猛之美，高雅之美，纯洁之美。鹰向来被全世界人民所赞颂，人们喜爱鹰、崇拜鹰，渴望像鹰一样在蓝天白云里自由的飞翔。爱鹰、赏鹰、画鹰有利于陶冶浩然之气，抒发豪迈之情。鹰的凌云之志为“阳”，欲博之势为“阴”，雄伟之姿为 “刚”，矜持之态为“柔”，鹰集阳刚阴柔之气于一身，栖息山海之隅，搏击天地之间，自古有“神鸟”之誉。一个国家、一个民族或一个人，如果具有鹰的精神，就一定会富强、一定能成功。

鲲鹏展翅，鹰击长空，是人类共有的传统精神、英雄形象与艺术典型，从庄子的《逍遥游》，李白的《大鹏赋》，杜甫的《咏鹰诗》到毛泽东诗词，鹰文化凝成了中华民族自强不息的传统精神。

鹰文化具有四大价值，五大象征，六大特性。四大价值：神圣的信仰价值，权力的标志价值，传统的审美价值，哲学的命题价值。五大象征：象征英雄崇拜，象征光明幸福，象征守护吉顺，象征力量复兴，象征战胜邪恶。六大特性：神圣崇拜性，博大精深性，灿烂辉煌性，中外一致性，资源丰富性，价值共享性。

信笔至此，不禁诗兴油然而生，再赋诗赞美雄鹰以抒胸臆。

其一

高瞻独立对空蒙，天地风云入望中。
英视苍茫如猛士，昂扬气概斗顽雄。

其二

振羽腾飞上九霄，星眸未放拭秋毫。
苍雄厉爪磨锋出，击鬼横天一代骄。

其三

搏击长空视九垓，云横怒翼邈天开。
江山万里朝霞映，气势平添吉瑞来。

2005年5月19日

于金陵半山园一实斋

笔走京华写春秋

——我在中南海创作书法有感

在一个春光明媚，风和日丽的日子，中央警卫局邀请我为中南海创作书法作品。我备好文房四宝，如期赴京。我怀着十分激动和崇敬的心情步入中南海。我心中的中南海是神圣的，这里一草一木都是洁净清新的，一堂一室都是肃穆庄严的。我举目四顾那一派皇家气象的楼台殿阁，碧水蓝天，鲜花簇拥，喷泉涌动，令人陶醉，令人神往。

在工作人员的陪同下，我来到了令人肃然起敬的怀仁堂，参观了几处贵宾厅，目测了一下作品悬挂的位置以及尺幅大小。不时，工作人员又领我来到党和国家领导人接见厅，步入大厅，映入眼帘的是一幅气势恢宏、神韵天成、功力非凡的巨作《松鹤图》，此乃著名工笔画家喻继高先生的力作。我赶忙站到画前，请工作人员拍照留念。之后的几天里，还相继参观了中央政治局会议大厅、中央军委会议厅、中南海名胜景观等。

为中南海创作书法作品，心情特别激动，也比较紧张，尤其是在丈二匹、八尺宣上书写，总是心有余悸。我极力调整心态，时而哼着小曲，时而凭窗远眺，放松精神。然后铺纸研墨，沉于思，凝于神，提笔蘸墨，尽兴挥洒。顿时墨香四溢，一幅幅墨韵酣畅、风神洒落的巨作、中堂、条幅、横批等佳构，铺满红地毯之上，赢得了领导的好评和工作人员的掌声。党和国家领导人收藏了我的作品。我还为辛劳的工作人员创作了多幅佳作。

一周中南海之行，我终生难忘，感慨颇多，只是笔头笨拙，不能尽抒胸臆，再赋诗几行以志之。

中南海

春风大雅悦心房，海里红波映紫光。
金碧辉煌多别致，栽花妙手写华章。

怀仁堂

怀仁堂里领风骚，笔扫千军竟自豪。
帷幄运筹谋定策，惟从昭义步登高。

中南海创作有感

入宫泼墨赏庭花，万物良宵趣自佳。
皓月清风歌廉政，与时俱进赋春华。

为怀仁堂贵宾厅创作书法

把笔聚精会入神，墨花开遍四时春。
匠心到处留香久，悬挂厅堂雅贵宾。

2001年4月

于金陵半山园一实斋

笃行不倦写华章

——《眉山堂诗集》序

苏自宽先生是我的舅舅，乃眉山三苏之后，他秉承家世渊源，浸淫于诗词文赋之中，与诗词结下了不解之缘。“七十年来味道殊，惟凭文笔是良图”是他一生的追求和自我写照；“人生七秩古来稀，余热还将趁夕晖”是他人生价值的再现。吾舅苏自宽为人真诚，惟诗文执著精微，好征和唱诗，诚交天下诗人骚客，征答题咏之诗稿垒垛盈尺，年积月累藏诗词书籍充满书架橱柜。其律诗楹联刊于报纸、杂志五百余首之多，俱多诗联刻石于全国名胜景点，更有妙联绝句屡屡获奖，可谓诗唱天下，名扬海外，着实令晚辈敬仰，令世人称赞。

前贤论诗，视人格即诗格，诗品即人品。吾舅苏自宽为人治学矢志不渝，坦荡无畏，心静神逸，令人钦敬。诗成数百首皆披肝沥胆，痴迷于诗词而不移其志，不负其道，正是："风月一庭为良友，诗书半榻是严师"，道出其对朋友之古道热肠，对诗学之笃行而不倦。诗似珍珠志如玉，每当我与舅舅苏自宽相见总要谈诗说艺，听其浩论古今，畅述艺文。其立论新颖，见解精辟，又广学博览，国风小雅，诸子百家，俯拾即来，故其笔下底气深厚，发而为诗，出语清穆，吐露瑰丽，山情水韵，人生哲理，不意自生。

苏自宽先生余事作诗，喜好游历，爱书法，通音律，赏画作。风俗名胜托为歌咏，人情练达有感成诗，街谈巷语、民风民谚，皆熔铸之，成为妙句。题材广泛而且博涉多优。山水清韵，世事人情，景点建设，新人新事等等常见笔底，世纪风云更著毫端。观其诗作，叙事兴怀，咏物寄意，讴歌盛世，随感而发，清词丽句，喷涌而出。有“回首南天鹰眼疾，纵身万里任翱翔”之豪放；有“铁面无私今益仰，乌纱顶上是青天”之正气；有“几日香浮皆赠我，一时素雅倍思君”之婉约；有“锦绣丛中存冷态，氤氲壁上剩清神”之淡雅；有“峥嵘浩气依然在，叱咤雄风仍旧丹”之苍劲；有“桑树扁担强瘦骨，木碗浇鲜集体花。不厌大田锹慢动，为缘小块独锄瓜”之化俗为雅，读来乡土可亲。

品读苏自宽先生诗作，令人欣慰，令人仰慕，他的诗是现代理性与感性交融结合，弘扬时代精神与张扬个人性情交相辉映，谱写出一曲曲新时代之风雅颂。余得舅舅苏自宽之教诲，潜心学诗修文，博古览今，以滋诗学修养，增补画外之功。余创作全国巡回展书法作品多以苏自宽先生诗作为内容，每每挥毫之前，总要细心品味诗的语言的凝练、概括、浪漫、夸张及其音韵锵然的美感和意境，乃至于书法艺术中，用笔一波三折，轻重疾徐的线质美感，及其点画拂斫，聚散呼应的形式，融之于毫端，岂不“诗魂书骨”俨然犹在？

中国画贵有诗境美，自古为文人所重。“诗求言外意，画求象外声”，凡画家而又为诗人，其画必能得更高之评价，所谓“画师非俗士”是也。余画雄鹰总要加上自作的题鹰诗，再配以雄浑洒脱的款题，诗书画结合，水墨色交融，互有特色，相映成趣。可见诗学修养对书画至为重要，余创作书画作品，皆得益于诗学的滋养，亦与诗人“游心之所在。”

诗人苏自宽，正为诗，也为自己彩绘着一幅“莫道桑榆晚，云霞尚满天”的绚丽风景。为了弘扬中华传统诗词，他“精神常使不空虚，唱和神州结友诸”，诗人以一颗虔诚的“诗教心”与全国各地诗友共磋诗艺，严遵格律，唱和抒情，以诗状物、言志。进而思想、情感得到广阔延伸、驰骋，创作出许多崭新的美妙诗篇，心可颖悟。“依是凭窗忘岁月，挥毫落纸意宽舒”是诗人心境的表述；“老去精神思奉献，夕阳未晚惜余光”是诗人执著的精神。有这样的心境，这样的精神，一定能豪情壮志春常在，更赋新诗不畏难。

值此《眉山堂诗集》问世之际，余感慨万千，鞠躬抱笔，由衷而发：

人生七秩又重阳，铺锦云霞菊暗香。
壮阔诗怀投万里，笃行不倦写华章。

2004年7月30日

于金陵半山园一实斋

笔耕墨海 淡泊人生

——方秀伦书法艺术赏析

方秀伦，乃我兄长，他1948年5月生于安徽巢湖市西圣宫。这里古为成汤放桀于南朝之所，是楚汉相争时亚父范增的出生地，近为冯玉祥、张治中、李克农三位将军的故里，是有名的文化之乡。

浩瀚的巢湖水蓄养着方秀伦日渐显露的才性与悟性。孩提时受到舅舅苏自宽赋诗习字的影响，便对诗文书法情有独钟。苏自宽，眉山世家堂主人，精诗文，喜翰墨，享有盛誉。我的书画能成大就，早年秉成家教，受吾兄和舅舅的影响很大。

六十年代中期方秀伦怀着赤子之心踏上了军旅生涯。部队是一所大学校，她锤炼人的坚强意志，造就人坚韧不拔的品性。在这所大学校里重塑了他胸襟开阔、豁达的性格，在书艺道路上确立了追求的坐标。他读书临帖，汲吮着知识的营养。三春五秋他持之以恒，以苦作舟跃入墨海。他从唐楷入手，尤对颜体潜心临研，手摹心追，数十年如一日。在掌握楷书的基础上，继攻“二王”，取法汉隶。同时对近代书法大师的作品细心揣摩，对哲学、史学、文学、书论多有涉猎，以滋长书外之功。他深知中国书法名碑如林，名帖如海，必知必读，他勤学、苦练让生活的每天亮丽起来，活跃起来。

他淡泊名利，甘守清贫。市场经济浪潮首先淹没了他们全家所在的单位，他和儿女们全部失业了。沉重的生活压力并没有折服他，他以顽强的毅力和坚韧不拔的精神，挑战生活，面对现实，克服困难，不惊不骇，坦然处事。任凭风雨起，翰墨自传情。他在生活与艰辛的夹缝里，孜孜以求，追寻着书法艺术。他对书法艺术不是一般的喜爱，而是一种发自内心的挚爱，并把书法当作生命的组成部分看待。几十年来，他乐此不疲，融生活的沧桑和超然物外的精神，从而形成了拙雅沉雄、浑厚高古的特有书风，为识者所称道。

方秀伦于诸体中最擅长行草书。与时下书风截然不同的是，他的行草作品执意追求重、拙、大的浑厚之美，以博大沉雄的力感来感染观众，并从中体现书家追求“壮美”的审美理想。其书风碑帖融合，气格旷达，沉雄洒脱中寓凝重、生涩，无论结体与线条，不假修饰而一任自然。同时他注重线条、墨色的变化和结字的腾挪避就，注重点划的纵横结合以及情感的流露，从而使作品具有强烈的视觉张力和时代精神。其书法无论是大幅中堂还是尺牍小品，字里行间处处洋溢着直率、朴厚、开张的气象，散发着浓浓的灵动天成气息。

从这些书法作品中，我们看到了一个识见广远、学博积厚的书法家。我们有理由相信，假以时日，他一定能取得更大的成绩。

2003年5月10日

于金陵半山园一实斋

书画巡展天象奇观日记

石家庄雨后阳光

2001年10月22日，我和夫人与徐培晨夫妇及郭大年一行人员，到石家庄举办“方军、徐培晨书画联展”。经过几天的筹备，我们的书画联展定在石家庄博物馆。10月25日，早晨天降绵绵细雨，驻石家庄海军部队张政委亲自带着官兵与我们一起到博物馆布展。车到展馆，雨渐渐大，官兵们打着雨伞护着书画作品往展馆搬运展品。由于官兵们认真细心的工作，近200幅立轴展品安全搬卸完毕，没有一件展品被雨淋湿。经过一天的精心布置，书画满堂，四壁生辉。晚上雨还在下着，大家都在担心明天的开幕式，如果明天上午仍然下雨，对书画展开幕式确实影响很大，此时，我的心情有些焦虑，同时也伴随着一丝喜幻，我和夫人一直祈祷着老天作美，明天给我们一个晴天。10月26日，我和夫人早早地起床了，我推窗远眺，但见雨止，东方的天边透出淡淡的红晕，云层渐渐地散去，一缕阳光破窗而入，我们会意而笑。

天津雨声悄然停止

2001年11月4日，是我和徐培晨书画联展在天津展览布展的日子，这一天又遇阴雨天，我们和海军官兵冒雨布展，悬挂在展馆大门上方的展标一会儿被雨淋湿了，大家的心情又沉闷起来，此刻我用安慰自己的心情想着，是不是天公在洗涮着苍茫大地的尘土，好让明天的开幕式有个清新、透莹的空气。11月5日，我们早早地来到了展馆，连绵不断的小雨还在下着，此时此刻，我们的心情着实有些烦躁。正当我们担心嘉宾会不会来时，雨声悄然停止了，大家都认为这是好兆头，说明老天也在关心着巡回展，帮助着我们呀。

西安异象

2002年5月23日早晨，我们一行9人开着两辆汽车，从徐州出发前往西安举办书画巡展。一路上大家有说有笑，全然忘却了旅途的疲惫，当车行至河南境内，我隐隐地感到后座位右下侧有些异常的震动感，此时我感到有点饿了，便说，前面找个地方吃午饭吧，我话音刚落，但见前方风起尘扬，视线不好，司机被迫减速慢行，此刻，我觉得座位有下沉感，便不由自主地喊道，停车。大家下车一看，汽车右侧后轮车胎瘪了。如果此时车在公路上快速地开着，那后果是不堪设想的。到了西安谈起此事，大家都感到后怕。

当天晚上六点多钟，我们到达西安。提前几天到达西安做展览准备工作的乐长江带着西安几位朋友在进城的路口迎接我们，一见面乐长江就对我们说道，这几天西安天天下雨，真烦人，你们来了，雨也停了，说明西安欢迎你们啊。西安展览办得很成功，我们于6月4日离开西安到达徐州，6月6日抵达南京。我们回到南京后接到西安朋友的电话，说6月5日西安境内突降大雨，很多地方被水淹了，通往外地的一座桥梁也被洪水冲塌了，你们要是晚一天走，路就不通了。我开玩笑地回答说，我有第六感觉啊，必须要提前一天离开的。

天水境内忽山崩

2003年9月23日，应天水朋友之邀，我和夫人携书画数十幅，举办一次学术交流展。天水文化氛围很浓，喜欢收藏书画的人也很多。这里人文荟萃，民风纯朴，待客盛情。这里名胜景点甚多，千年古树经历着风沙的侵袭。秀美的麦积山，瑰丽神秀，闻名遐迩。伏羲庙更是古风探幽，肇启文明。南郭寺、玉泉观依山势而建，雄伟壮观，香火兴旺，朝拜者不遗余力。我们夫妻心诚而拜，诚心善助，真实为人，求实做事。有一天，朋友相聚，得知我们有意去西安一游，便应允要开车送我们到西安。10月8日早饭后，我们等候朋友的车，快到中午了，仍未见车来，电话联系数次未果，最后总算联系上，方知车子抛锚了。朋友说下午再另安排车子去西安，我们在吃午饭时，听到新闻报道说，天水至西安路段发生严重山崩，数台车辆被埋。如果我们上午出行正好行驶到这段路上，那后果不堪设想啊。朋友们说，真是佛祖保佑。当天下午我们乘火车安全抵达西安古城，我们尽兴游览了西安的名胜景点。

峨眉山金顶佛光

2007年5月30日至6月6日，我和夫人等一行人员在成都举办书画展，期间专程驱车到峨眉山游览。峨眉山是普贤菩萨的道场，为我国四大佛教名山之一。其中金顶为峨眉山最高峰，在此可观日出、云海、佛光、晚霞四大奇观。我和夫人等一行人员攀阶越岭，挥汗如雨，奋力登上金顶主峰下的休息平台，由于劳累夫人感到身体不适，腰间疼痛难以前行，我们便在此稍作休息。在这里仰望主峰，只见一尊气势非凡的普贤菩萨塑像高高地耸立峰顶，在阳光下金碧辉煌，忽有佛光隐现，让人精神倍增。此刻夫人顿感身适如初，腰痛消退。于是我们奋力而上一气登上金顶主峰。人在巨大的普贤菩萨像下显得很渺小，我们肃穆仰视佛像，那碧蓝的天空时有白云飘动，只见云气越集越多，云随风动，光随云透，但见佛像顶上奇观突现，祥云集瑞，佛光四射，其景壮观至极，其象祥瑞至极。正是：仰拜天佛添慧智，佛光普照励前程。

重庆雾雨放晴空

山城六月雨潇潇，雾锁两江月笼桥。我们踏上重庆的土地，伴随我们的是雾雨连绵，2007年6月7日，上午风雨历历，下午雨止多云，我们乘隙搬运展品进行布展。6月8日上午9点30分是书画展开幕的日子，从夜间开始雨就不停地下着，上午雨量加大，快9点了，嘉宾们还没有到，此时，我和夫人都特别着急，并在心中祈祷，希望老天作美不要再下雨了。说来也奇了，此刻雨突然变小并渐止。这期间，重庆市美协主席来了，国画院院长来了，书协主席来了，重庆各界人士纷纷而来，电视台、报社记者来了。9点30分，展厅挤满了人，开幕式在热烈的气氛中准时举行。

缙云山彩虹隐现

2007年6月10日，我和夫人慕名游览重庆名胜风景缙云山。缙云山景区位于重庆市北的嘉陵江边，因山中有始建于南朝的缙云寺而得名，这里奇峰雄峙，丛林茂盛，又是古老的佛教圣地，素有“川东小峨眉”之称。我们首先游览的是缙云寺，这里香火缭绕，佛光普照。我意欲攀登缙云山最高峰之一狮子峰，夫人感觉有点累，让我自己去，她在缙云寺等候我。于是我兴致勃勃地独攀狮子峰，我穿梭在茂林深处拾阶而上，此时已汗湿衣襟气喘嘘，稍作休息，再奋勇而上，我终于登上狮子峰。但见峰顶处矗立着一尊石雕雄狮，他傲视苍穹，吼啸山林，寄托人间无穷的力量。我置身狮子峰心潮澎湃，感慨万千。不由诗兴而发：越岭拾阶奋勇攀，狮峰驻足纵情观。山如碧玉水如黛，云在林间月在天。

我在返回途经香炉峰时，忽然浓云密布，天降小雨，山路时隐时现，我顺着一条山道盘旋而下，走了一个时辰，感觉离缙云寺越来越远，雨在下着，天色将晚，不由心生焦虑，我驻足环视，忽见山峦密林处隐现一道彩虹，我不由自主的朝着彩虹的方向直奔而去，啊，彩虹逝去，缙云寺山门迎面矗立，我看到爱妻站在寺门前焦虑地等着，便快步向前，与妻相拥。夫妻心灵相通，不禁喜形于色。

雨后观瀑布

听朋友介绍，雨后尤其是大雨之后看黄果树大瀑布更为壮观。我们到达贵阳一直是蓝天丽日，没有丝毫下雨的迹象。我们决定6月23日上午去看黄果树大瀑布。22日晚上，我和夫人都在想着一件事，那就是今夜下一场大雨就好了。大约下半夜我们被雷声惊醒，我拉开窗户一看，外面雷雨交加，倾盆大雨直往窗内打来，我赶紧关上窗户。我和夫人会意而言，明天上午能看到大瀑布的壮观了。天刚放亮我们便起床了，外面还在下着小雨，早饭后雨停了，我们驱车一路顺风到达黄果树大瀑布。但见黄果树大瀑布壮观非凡，不禁诗兴油然而生：飞流天降落人间，怒水奔腾卷巨澜。造化神工惊梦境，高歌激荡纵情观。

贵阳雨后放晴天

我的书画巡展贵阳展览开幕式，定在2007年6月25日下午3点整。早晨贵阳市区风起云涌，9点时分，下起了倾盆大雨，下午一点雨还在不停地下着，展馆大门口还积蓄了很多雨水。我和夫人都很着急，心里直犯嘀咕，怎么又遇上大雨天气，如此开幕式要受到很大影响了。说来也幸运，2点时分，雨渐小而且天空亮堂起来了，3点时分天空云散，太阳出来了。雨后碧空如洗，空气清新，阳光显得格外耀眼夺目，大红展标《万水千山总是情•方军书画作品全国巡回展》在阳光的照耀下，显得格外醒目。贵阳市各级领导、文化艺术界、新闻界、部队官兵、书画爱好者等各界人士数百人参加开幕式并观看书画展。晚上贵阳市工人文化宫设宴招待开幕式的嘉宾，我们和贵阳市各界人士欢聚一堂，共享书画展览圆满成功的喜悦。

砚边散记

1.举凡书法艺术中的精品，都不是书写技巧的古法再现，而是在于其充盈的形式之美去映发出其中蕴藉着的精神之美。书法是精神世界的一种产物，是可以凭借寄托情思的一种艺术形式。书家在创作书法作品时，很多都是在充满情致或激情冲动的时候而进行的。书法家在笔墨之中已经注入了深沉的感情，一点一画都可以成为性情的体现。

2. 写书法要进行“二次创作”。所谓“二次创作”，就是书家在书写时要理解书写文字的内在意义以及所要表达的情境，依据文词涵义，调整好自己的心境，然后挥毫落纸，尽抒性情，尽表其意，从而达到书写形式和内容的完美结合。必须明确诸如笔法、章法、布局、变奏都是为内容服务的，如果把“乱石穿空，惊涛拍岸”（苏轼句）这样雄壮激荡的词句与“斜抱云和深见月，朦胧树色隐昭阳”（王昌龄句）这样深婉袭人的诗句进行千篇一律地抄写，是不能算得上书法艺术的。

3. 学习书法需要悟性和灵感，但书法艺术的精妙只有在长期的艰苦研习过程中才能“渐悟”、“顿悟”，乃至“彻悟”。

4. 书写的过程就是一个不断解决“眼高手低”的矛盾过程，不断否定自己，不断超越自己的过程，而每一次否定自己，都标志着自己在艺术探索中前进了一步。

5. 艺术可以使人享受到无限的快乐，可以使人的心灵得到美的陶冶，可以使人的情感得到升华，可以使人在紧张的工作之余放松身心。余暇之时，焚一柱檀香，煮一壶香茗，摆脱尘世的凡虑，赏一会儿幽竹，把一下古玩，品一幅古画，练一笔书法，其乐无穷也。

6. 以中国笔墨打造无穷的东方魅力。无论是世界大同，还是全球经济一体化，大都就物质而言，而文化艺术恰恰更需要民族的纯粹性，如果中国画没有笔墨，便失缺了根本。

7. 书法当以气胜得之。书法写到一定程度，就是写学问、写修养、写性情、写审美。书法艺术归根结底是人的艺术，是生命的艺术，是心灵的艺术。因而，在本质上都是人的精神的映照。正是这种精神使得书法的点画、结字、章法等具有了生命的活力和精神的内涵。

8. 王遂常的章草艺术，宗古意，成新格。他在章法安排上，一改以往章草字字独立的形式，采用连断结合的方式，参差错落，自然生动。整幅作品大小、欹正、轻重、疾徐均一任自然，满纸气息畅达流动，毫无板滞窘迫之态。他能学而知变，并将汉简中的合理成分大胆、科学地运用到章草创作中，另辟蹊径，自成体系。其章草，一扫明清以来那种作气、巧气、怪气和柔媚气，用笔中锋直下，拙朴平直而又富于变化，在古意中独创新意，从而得到了国内外书法界的一致认可。

9. 关于书画之间的关系，最著名的是赵孟頫提出的“以书入画”说。赵孟頫曰：“石如飞白木如籀，写竹还应八法通，若也有人能会此，方知书画本来同。”第一次把书法的因素直接形象地移入绘画。他强调在绘画中从追求线条自身内在富于生命力的角度去把握它，一反南宋时代那种追求感官刺激的做法。他强调用线条的自身力量去捕捉山水之神韵，使线条在绘画中不仅作为表达事物形体的语言，又有更深层地表现画家心绪的机会，从而画家心绪能直接由那“一笔”而发挥出来。这无疑极大地开拓了绘画的表现性。

10. 中国传统书法用笔，一直赋予用笔一种文化观照。这种书写性用笔，是检验一个画家功力的标准，用笔的书写性体现在黄宾虹总结的论笔五法，所谓“平、留、圆、重、变”，“用笔须平，如锥划沙；用笔须留，如屋漏痕；用笔须圆，如折钗股；用笔须重，如高山堕石；用笔须变，润含春雨，干裂秋风；一波三折”等等。这种书写性用笔是中国画独有的表现方式。我们在欣赏中国画画面呈现的意境的同时，也在欣赏用笔线条所产生的美感。

11. 画鹰贵在神似，要突出鹰的神韵而不失其形，描绘鹰的特征而不失其真，表现鹰的灵性而不失其态，涂抹鹰的色彩而不失其美，选配鹰的衬景而不失其雅，书写鹰的题款而不失其妙。凡画家，应能文善诗好书法，其作品必能得更高之评价，所谓“画师非俗士”是也。

12. 汤凯先生为余治印，余观印有感而发并书成斗方作品赠之：“汤凯治印贵在自然，一气呵成，得自然稚拙之趣，宗秦汉之精髓，悟道养心，追求浑厚古朴之意象，体验苍茫高远之神韵，故能凿出胸中欲表之情境”。

13. 品读梅南频作品，不论诗文书画，望而知为读书人手笔，有高贤儒雅之气，浸文人水墨，脱胸中尘浊，聚精神内参，故意象孑然，气韵入神。其笔下之物象呈胸中之意象，虽逸笔草草，然万趣融其神思，用笔存于胸中，则自然奔赴腕下，品天道之深邃。而这些皆源自南频兄勤业、精业之行为；博学、修养之胸怀；静观、顿悟之心法。

14. 根据中国传统艺术的发展史，书画大师本身应当具有丰富精博的思想学识、深厚扎实的艺术根底，独特鲜明的艺术风格、影响深远的艺术创造，而且必须是经历一定时期的历史考验，对后世产生广泛的影响等等。

15. “国学”是书画家的必修课，如果对“国学”没有基本认识，很难称为一个中国书画家。全世界每一个国家都有自己的文化，但是，能够把自己国家的文化称为“国学”的，我想可能只有中国。我们作为中国人，特别是文化人，如果对自己的传统文化缺乏基本的了解，从严格的意义上来说，就很难称为中国文人。“国学”

是中国传统文化精华的总称。中华文化有两大特点，即无与伦比的超长的延续性和巨大的包容性。

16. 西汉的杨雄讲，书为心画。书法是你心中的图画。你修养高了，那笔下字的格调自然就高了。苏东坡是大文学家，他的气质决定了他写出来的书法水平就是高，又有书卷气。

17. 中国画发展到一定高度就产生了写意画，写意画是以书法艺术为核心思想的产物。西方的绘画就是“画画”，而中国画发展到了一定的高度叫“写画”，尤其是写竹，就是通过“书法的手段过程美”来描绘你所喜爱的自然形象，而且这个自然形象加进了你的取舍，变成了“意象”，这就形成了写意画。李苦禅大师说：“画中国画，特别是写意画，你如果不练习书法，不懂得书法艺术里的美，你就当不了中国画家，更不可能当写意画家”。因此，文人画家非常强调书法艺术，特别欣赏草书艺术，因为它最能表达人的感情过程。徐文长说：“迨草书盛行，乃始有写意”。可见画家多么重视书法，在画家的题跋中，他的书法情调和画的情调必须是一致的。李苦禅大师有一句名言：“书至画为高度，画至书为极则。”

18. 一千多年前，六朝南齐谢赫提出中国画“六法论”。所谓“六法”，即：一是气韵生动，二是骨法用笔，三是应物象形，四是随类赋彩，五是经营位置，六是传移摹写。“六法”之首，就是“气韵生动”。“气”与“韵”相辅相成。“韵”的产生必须依附于“气”，舍“气”，则无“韵”，无“韵”，“气”则贫乏无味。“气”偏于刚，“韵”偏于“柔”，有“气”、有“韵”才能使中国画气息贯通、回味绵长。谢赫以“元气论”的哲学观立论，在一定程度上揭示了中国画创作离不开“气”。

19. 中国画的线条在画家用笔的轻重徐疾中产生的节奏，或如疾风骤雨，或如阳春白雪。线条通过不同的形态，呈现出画家不同的气质。这也体现了画家的功力和审美情趣。

20. 中国山水画家，历来讲究外师造化，行万里路，搜尽奇峰打草稿。这不仅是题材的需要，更是蒙养心性，开阔胸襟，得大化流衍之生气。以万壑千水之笔，写一地之山川，其格局、张力、变奏，岂可与足不出户、局于一隅者同日而语？

21.中国画构图的气势之大，大乎于天与地。中国画的画幅，无论大小，皆是一方天地。宋代郭熙在《林泉高致》中载："凡经营下笔，必合天地，何为天地？谓如一尺半幅之上，上留天之位，下留地之位，中间方立意定景。"中国画的审美是以大地观为基本特征的；画家由"外师造化"所感受到的天地正气、由"中得心源"所发生的浩然逸气，都可以在书画中呈现出来。因此，中国画自然就包孕了博大的气势，具有一种无形之美。

22.中国古老的太极图，代表着元气阴阳四象。其形是一波三折的曲线，象征着宇宙之气萦回往复、生生不息，也昭示了气势的运动形态。用太极图S形曲线构图，画幅呈现出循环往复的运动感，颇有气势。

23."气"有先天和后天两个方面。先天之

“气”是画家无法决定的与生俱来的生命之气；而后天之“气”来自于实践，通过学识修养、道德品质而产生，是精神文化之气。中国画集诗书画为一体。画家要画好中国画，就要集广博的知识于一身，“读万卷书”，使心胸得到最广博宏大的陶冶；也要集天地山林水域之灵气，“行万里路”，到大自然中养自己的浩然正气。只有这样，画家才能“心随笔运”，创造出好的作品。画者的“气”息，都会在画幅里表现出来。这就是“画如其人”。中国画是人性化的，讲究“天人合一”，是有天地的灵气和生命精气。

24.傅抱石为“文人画”做过一个内涵清晰的演绎。即：“文”学的修养、高尚的“人”格、“画”家的技巧。陈衡恪也曾为“文人画”做出一个解释。他说：“文人画有四个要素：人品、学问、才情和思想。具此四者，乃能完善。”陈衡恪家学渊源，不仅文化底蕴深厚，同时自己也是一位卓有建树的大画家。他的这一言论，可谓是一语中的，入木三分。他把作品是否具备“思想性”作为界定“文人画”的一个标准，真是慧眼独具。因为“思想性”正是“文人画”区别于其他绘画形式的主要标志，也是“文人画”的灵魂所在。

25. 丹青赋彩，笔耕军旅，不知华年几度，自知智薄才疏。天助画道，博成江海，德载五岳，世间万象皆入画道。欲得画道，当明玄象。玄者，深邃幽远，界域无际。寰宇苍穹不能言之能容；目仰天外之天不可言尽；五湖四海，大地万物无以言其全。以实之象，取意用之，得其意，化其形，外师造化得其形。玄象者，内觉心源成其象，笔归玄虚，创其法。生鲲鹏之羽，逍遥于天地之间。心之所想，无所不至。方寸间随化众生，觉开万象。

26. 茶与画，两者都与诗歌、文学以及宗教、哲学有着千丝万缕的联系，彼此之间是你中有我，我中有你，它们都是中国传统文化的精华。中国的文化特别重视“通”，诗文书画，琴棋茶酒，都有相通之处。对于每一位志在中国文化的人来说，所谓“通”，就不是一般的了解或掌握，而是兴趣广泛，是转益多师，是博采众长。无论是从文还是做艺，通则灵，不通则不灵。

27. 前辈名家诗文书画，无所不能，所以创作起诗、书、画时各显神通，交相辉映，美不胜收。和古今大师相比，我等自知差距甚远，予之所以选择在画上题诗跋文，其实是出于一种朴素的想法，也就是让自己作品中的诗、文、书、画彼此搀扶帮助，失之东隅收之桑榆，东方不亮西方亮。总之，让人看了之后，多少能从作品中找出一点有意思或有趣的地方来。当然，诗文与书画都是极难蒙混过关的，根本无法取巧。事实上，我自己对作品的诗文书画几方面都满意的就少而又少，几乎没有。若说有何可取，大概也就是“还不俗”吧。

28. 万物有始皆有终，种得善因，便得善果。凡人皆有各自的修行，无所谓高低对错，只有适不适合，关键在于你是否找到属于自己的不二法门。众生天赋，性命在天，修行在人，慧根慧觉备于万物赋于流行，而发明幽微的事功则在于个体，机缘巧合适性自得的便是大造化了。

29. 我讨厌耍小聪明，更看不起制作，我始终追求一笔一笔的“写”，我认为，重视质量的“写”，是传统笔墨的精髓，虽然它看似成规老迈，但它内里的潜能造化是无限的，只要自己觉悟到了，有缘与它亲近，就有可能让自己的笔下焕发出纯正的笔墨意气，就有可能在画里造就出真正属于自己的“写”法来。

30. 画品即人品。一切形式的创作都是思想的、审美的。即使形式主义的、唯美的作品，也都是源于思索、创意的结果。因为归根到底，作者是以一种思维动机来完成自己创作的。显然，在形式上的某种追求，都是一个人思想追求的某种物化。一切技术都是为思想服务的，即便那些“为艺术而艺术”、“为形式而形式”的人，作品总也是由他的思想驱使而成的产物。你思维的深浅、思想的高度、思索的境界，就决定了这一作品的高低与厚薄；雅俗与优劣；积极向上还是庸俗低下。我想画家们常提及的“画品即人品”就是这个道理。

31. 一创二作，谓创作。“创”在于思索，

“作”在于制造。前者是一种“虚”的，思想性的，后者是一种“实”的，技术性的，两者皆具，为“家”。有前无后，是位思想家，而有后缺前，便是匠人了。

32. 以画化导人心。中华文化博大精深，绵延迄今已有五千年的历史，而华夏艺术的创作与呈现，更是文化精神的另一种象征，数千年来不但代代相传，其发挥更是淋漓尽致。艺术不只是欣赏和装饰，艺术应有道气，要能够移风易俗，净化人心，发挥自己的正面影响力，以期人心趋于敦厚、谦和、淳朴，这就是作者“以画化导人心”的使命。

33. 艺海潮涌，逐浪扬帆。以艺事为自己的事，以热爱艺术之心境延续文化脉络，以德为本，以身示范。

纵观当今画坛，万家竞起，不拘一格；万象争鸣，论古谈今。笔墨应存真，天地正气凝于画中，方谓大家是也。然风云之中，难免良莠混生，瑕瑜并峙，混淆视听。艺海潮书画院在波澜之中，破浪举贤，以才华为本，励志创作，旨在正本清源，弘扬国粹。笔墨崇尚精神，精神赖以学养。古有吴道子一日挥就粉壁，李思训三月始毕绢素，皆万象之成。纸上虽一刻成万物，窗前却已数十历寒暑。笔耕墨海，望云叹月，艺非易事，墨染砚池笔练成冢，方得入门之径。故从艺者，勇攀书山，不馁不躁，外师造化，中得心源。为画者应晓继往知开来，情景思致，遣笔墨之踪，访造化之境，非真鉴赏者难识其佳妙。

金陵古城，贤达妙笔多矣。建邺之地，儒雅澄观释道，古往今来，高手如林，艺海纷呈。放眼远瞩，纵观画坛，多有秉德之志，艺扬四海，启智万邦。

34.现在的国画离书法越来越远了。以前说的书画同源，书画同宗是形与影般的不分不离，如今的国画却几乎难以找到书法的影子了。即使画家写上名字、钤上印章，也颇像在文书契约上按手印般，是不得不履行的手续。

有人说国画的一半是书法，书法有多高，绘画(国画)就有多高。书法是国画中艺术和艺理不可或缺的一部分，缺失就意味着失去“半壁”。画家研习书法能提高笔力和意念，正如石鲁所言：“中国画基本功在书法，西洋画基本功在素描。尤其是中国的写意画，第一是“写”。第二是“意”。“写”和“意”的精髓许多是从书法中提炼升华而来的。他认为，书法是画面笔触的张扬、意境的延伸，既不能游离于画面之外，也不能与画的风格相悖。

35. 千百年来，人们总津津乐道于墨凝柳骨、笔挺韩筋的那种横空出世、马嘶剑鸣般的书生。杜甫诗曰：“笔落惊风雨，诗成泣鬼神”；李白赞叹怀素的书法为；“少年上人号怀素，草书天下独称步，墨池飞出北溟鱼，笔锋杀尽中山兔”，更是留下千古诗文书艺的一段佳话。

对于一些朴厚大气、脱俗古深的书法作品，耐读寻味之下，往往给人以美的感受、气的通畅、诗的吟唱、画的意韵，人们读到的是力量，是气魄，是文明，是精神。行书的流畅达意，草书的恣肆汪洋，那分遒劲和狂放，留下了的是历史的鳞片和诗意的花瓣，无不让人为艺术的力量所震撼，让人自有一种意境邈远、气象丰盈的感受。

36.“章草”与“今草”的区别。草书有两种，章草与今草（小草、狂草）互相通融。“章草”是汉朝时有人把隶书字写得简捷便于应用形成的，每字仍然独立不相连贯，并保持隶书的波磔。“今草”是省去“章草”的波磔，笔画连贯，体势纵逸，大都一笔写成的草书字体，为区别于“章草”，南北朝时定名为“今草”。从结构形式上讲，其之间是连断、收放的关系。近人王世镗在《论草书章今之故》中，从笔法、笔意、笔势诸方面，有一段详细的比较分析：“今喜牵连，章贵区别；今喜流畅，章贵顿挫；今喜放宕，章贵谨饬；今喜风标，章贵严重；今喜难作，章贵易识；今如风云雷雨，变化无穷，章如日月江河，循环一致；今喜天然，天然必出于工夫；章贵工夫，工夫必不失天然；今适于大，章适于小；今险而章逸，今奇而章偶；今欲速，速贵能留，留则罕失，章欲缓，缓贵能走，走则不滞。用意不同，取势之异。”

37.在浮躁的商品经济社会中，原本澄心明性圣洁高雅的书坛，很难成为一块不被污染的净土。新时期的书家最可贵的是应有一种不为时尚左右、不随人俯仰的专致艺术的定力。

“定力“，乃佛教语，意指坚信精进，专忍坚定之心。当下的书家欲成大事业，大成就者，必须“致虚极，守静笃”（老子语）。具备了这种精神、品质，才能不观风向，不看潮流，耐得住寂寞甚至清贫，守住自己的家园，在艺术求索的路上一直走下去。这就更需要书家在锤炼艺术的同时，磨练自己的意志、心性、思想情感和心灵境界。作为书家，文人之心不竭，才能幻化出笔底的烟云舒卷，字里行间的气象万千。有此之心才会淡泊守志，才会有这丹青抒写的高远的情操。

38. 书家要把功夫下在求知学问，刻苦创作上，不能把功夫下在如何争权夺利上，非要争个某协会主席、副主席干干，这样他的字能飞速上涨，不是艺术水平上涨，而是银子上涨，可叹尔等，可怜尔等，说到底是尔等对自己的艺术水准自知之明，自信不如，民众更不信了。一代大师林散之，也没有争个职务头衔干干，他的作品千古不易，他的境界万古流芳。

39. 学习书画要得法，而得其妙在人。方法、技法可以人人相传，而妙境必其胸中所独得。

40. 禅定是空灵的境界。权位、虚名和利欲不过是我们强加给自己肩上的一个大包袱，包袱越彭胀，脚步就越艰难，身体就越接近地面。倘若有人从心性上肯把包袱完全卸除，那么他的脚步一定轻盈得可以腾空而起，成为真正的人上人。

41. 艺术创作归根结蒂是对人类文化和精神的引领，所以它首先应当与创作者的灵魂一同成长。艺术是对宇宙的深度探知和理解，因此，最高显的艺术创作应该与表现对象的本来面目保持最接近的距离。

42. 小人嫉妒是卑微的人运用流言蜚语、诽谤诋毁、阴险仇恨甚至丧心病狂等卑劣的手段为自己亲手挖掘的精神坟墓，使自己不知不觉间坠入魔鬼的窟穴；嫉妒却让高尚的人在不断地向上中肋下生出天使的双翼。

43. 一味地站在自己的中央，很难达到领略自己的目的，我们需要常常与自己拉开一段距离，以便看清自己的面貌、行止以及心灵。以一颗单纯、简真、朴善的心去面对一切，不是向无知和愚昧倒退，而是一种高超的行为处世技能，更是一种至高的精神境界。

44. 腹有诗书气自华。没有很深的文化底蕴作品就没有灵魂。自古以来，诗书画三方面的重要程度都是诗第一、书法其次、画第三。“言而无文，行而不远。”文学具有良好的传播性，古代依靠书面与口头相传，诗文是传播最容易的。现代的网络化社会也同样是这样，文本文件所占字节最少，却信息量很大，是最好传播的内容。所以，有很强文学功力的艺术家，其作品内容的文化性，和其思想文字的广泛传播性决定了其作品的艺术价值和知名度要高于没有文学功力的艺术家。古代的不用说了，像当代的如启功、李可染等艺术家如果不是具有极强的国学功力的话，是无法成为大师的。有文学功底的，如果能写诗填词，同时又是文学家的话，其艺术地位更高，自然其作品价值就高。

45. 从事书画艺术的人员要提高自身素质，尤其是从事中国画创作的人员，如果没有一定的国学根基，是不会有大的发展的。诸如哲学、音乐影响书画的创作，书画是个对立统一的，粗细、虚实、疏密、大小、浓淡等都会在一幅作品中体现出来，作品中还会体现出音乐的旋律和节奏。一个成熟的画家，首先是个思想家，有大思想才能出大作品。思想不是凭空而来的，要读万卷书行万里路，要儒释道兼收并蓄。画家还应该是书法家和诗人，甚至还应该是个文学家和哲学家。只有如此，才能成为一个真才实学的画家。

后 记

前辈名家诗文书画，无所不能，所以创作起诗、书、画时各显神通，交相辉映，美不胜收。与古今大师相比，我等自知差距甚远。余军旅生涯三十多载，笔耕不辍，坚持午休时间练字习画，夜晚或读书或撰文或写诗或书画创作，旨在提高自己的文学修养和艺术水平。故年积月累，诗文手稿垒垛盈尺，字画佳构占满橱柜。余喜游历山川名胜，饱览历史遗迹。每每有感赋诗，兴起挥毫作画再题诗跋文。余之所以在画上题诗跋文或用自作诗词创作书法，其实是出于一种朴素的想法，也就是让自己作品中的诗、文、书画彼此搀扶帮助，失之东隅收之桑榆，东方不亮西方亮。总之，让人看了之后，多少能从作品中找出一点有意思或有趣的地方来。当然，诗文与书画都是很难蒙混过关的，根本无法取巧。事实上，我自己对作品的诗文书画几方面都满意的就少而又少。若说有何可取，大概也就是“还不俗”吧。

2009年6月，余出过一本诗文散记集，是著名诗学散文大家丁芒先生亲笔撰文作序，又得到当代著名诗人苏自宽先生跋文赞誉。但集子编辑印刷多有遗憾，一直想再版。光阴荏苒，不觉六载已过，六年里感慨颇多，有巡展感赋、记事抒怀、论文散记等数百首诗稿于案头，故一并再编印成集，旨在与同道们相互交流，以求教正。

本集子收录的诗词多散见于全国各类报纸杂志和网络。序言仍选用丁芒、苏自宽先生的撰文，以表达余对二位老师的崇敬之心。

集子在编辑中仍难免有谬误之处，敬请贤达方家不吝赐教。

方军于金陵半山园一实斋

2015年11月9日